LOCUS

LOCUS

LOCUS

L O C U S

to

fiction

to 21 欲望初綻的夏天

Un été autour du cou

作者：吉・格飛(Guy Goffette)

譯者：孫智綺

責任編輯：林毓瑜

美術編輯：何萍萍

法律顧問：全理法律事務所董安丹律師

出版者：大塊文化出版股份有限公司

台北市105南京東路四段25號11樓

www.locuspublishing.com

讀者服務專線：0800-006689

TEL：(02)87123898　FAX：(02)87123897

郵撥帳號：18955675　戶名：大塊文化出版股份有限公司

總經銷：大和書報圖書股份有限公司　地址：台北縣三重市大智路139號

TEL：(02)29818089(代表號)　FAX：(02)29883028 29813049

排版：天翼電腦排版印刷股份有限公司　製版：源耕印刷事業有限公司

初版一刷：2003年9月

定價：新台幣200元

Printed in Taiwan

國家圖書館出版品預行編目資料

欲望初綻的夏天／吉・格飛 (Guy Goffette) 著；孫智綺譯.-- 初版-- 臺北市：大塊文化，2003 [民92]

面: 公分. --(To: 21)

譯自：Un été autour du cou

ISBN 986-7600-07-X (平裝)

881.757　　92014237

Un été autour du cou

欲望初綻的夏天

Guy Goffette 著
孫智綺 譯

或許人們總是在漫漫長夜裡長大？

——羅伯・安頓涅斯（Antonio Lobo Antunes，葡萄牙作家）

我只是一個可憐的人……一個女人，兩個女人，三個女人……這就是我的一生。現在，我在暗夜裡，獨自一個人，恐懼讓我離棄暗夜。我必須要快樂，我們必須要快樂……

——歐內堤（Juan Carlos Onetti，烏拉圭作家）

1

茉內特曾經擁有一切，知道一切；而我，一無所有。她把我放在她的羽翼之下，裹在她的被窩裡，然後，把我蒙在鼓裡，

然後，踩在腳下，

然後，掃出門外。

我那時才十二歲；而她，大我三十歲。

2

要是這是糖果就好了，玫瑰色也好，綠色也好，藍色也好，那微酸的滋味在舌頭下慢慢融化，帶著一股野花園的清香，教人吃了還想再吃；管它是焦糖，杏仁糖還是巧克力糖，要是她能像個大姊或教母那樣送我那些糖果就好了，笑眼望著我，彼此心照不宣，而不是那張飢渴的嘴，略開的，碩大的，濕黏的，發亮的雙唇，就像在放學途中，讓我看得忘了回家的電影海報；

要是她把我輕輕地裹在她狐狸般的歌聲裡就好了，像大草原般拖得長長的音，讓聲調和氣韻在我的喉嚨裡漸漸渾厚圓滑，一直到變得自然而熟悉，就像一塊早已被海水磨得發亮的鵝卵石，和我望著她時口袋裡藏的那塊一模一樣，微濕而發熱的，幾乎是一觸即融，而不是像她那樣誇張地造作出歡場女子的頹廢和嘶啞；

如果她只是用她的聲音來愛我就好了，細微到幾乎聽不到的聲音，低吟的，溫潤的，愛撫的，就像長滿青苔綠草的深谷，可以喚起愛情，不疾不徐地向我開啓女人的奧秘，而不是大辣辣地丟給我她那赤裸裸的肉體，逼我吸吮，把我的頭壓入火熱的激情之流裡，而我，那時的我，只知道水龍頭的水，

那麼，我就可以繼續做個敏感而愛做夢的土包子，繼續這樣地長大，還是像個小男孩般在路上邊走邊吹著口哨，不用對我瘦弱的手臂及超短的褲子感到羞愧；我可以繼續喊著爸爸，媽咪，或太太早，而不用臉紅耳赤，對我的玩具兵發號施令時，我的聲音也不會突然疑惑，甚至顫抖起來；每天傍晚放學後，我還能跟我的兎寶寶談心，就像是對待一個溫柔的胖弟弟般，我會餵牠從隔壁菜園偷來的紅蘿蔔或斜坡上拔來的野草；有時候我可能會忘記刷牙，或忘了換襯衫、襪子；會繼續在教堂的牆壁上，比誰尿得高；會和醫生的兒子在籬笆後面，抽他從他爸爸那裡偷來的菸，然後被嗆得像個瘋子般咳破天空；或，在廢車庫裡，充滿汽油臭味的空桶子後面，摸著鄰居的女兒小寶琳那光滑、還有點紅的裂縫，看著她那胖嘟嘟的身材，又圓又大的眼睛，最後，像當初說好了的那樣，我會同意秀給她看我那東西，她就心滿意足地把那東西緊緊抓在手裡，直到熱流衝上我

的肚子，讓它變得硬挺；我會繼續用我油膩膩的手指吃飯，指甲又黑又髒，然後像從北極歷險歸來的船員朱羅那樣，一口呸在地上，不但耳聾還少了一隻手臂的朱羅，沒事不是在玩牌，就是在對圍著他的一群小孩，大談如何和死纏著他的巨鯨孤軍奮戰；我會繼續躲在漫畫書後面挖鼻子，一直到父親建議我用火鉗子來挖，不是更方便更好挖嗎？我最後還是會把髒手指揩在桌巾邊上，或糊在椅子下面；當樓下在打牌、作活兒、飲酒作樂、開男人愛開的黃腔的時候，我會繼續忍受睡在小弟的汗水和鼻涕裡；繼續忍受被拒於大人的世界之外，耐住性子地躺著，聽著旁邊呼呼大睡的鼾聲，忍住不能和他們一起放聲大笑的寂寞，就算是聽不懂他們在笑什麼，但是只要能笑，被傳染般地一起笑，相互依賴扶持，最終就能長大成一個男子漢；我會繼續一看再看花園深處的大海，每個晚上聽著整排白楊樹後那安撫人心的浪濤長嘯，在風吹帆開之際，然後、終於、已經徜徉而去，帶走哥倫布、麥哲倫和獨臂的朱羅，前往這塊失去地平線的大地，飄盪在大浮冰和印地安神的野牛之間。

尤其，尤其是，我會繼續懷著一種輕鬆的心情，手裡一朵紅玫瑰，慢慢地走向露出小腿的女孩，和她分享一切，彼此再也沒有秘密。

3

唉，可惜的是，這已經是很久以前的事，但卻什麼也沒有改變：這些「如果」就像永遠也不會有海水流入的空瓶子，就像天會藍，草會綠，臉會紅，紅玫瑰摧人老，露出小腿的女孩，別人愛過她。而在我現在這張垂垂老矣的面具之下，幾乎無法再看到這個十一歲的男孩。現在的我，遺世獨居，苟活於半埋林邊的拖車裡，一隻女人的絲襪懸於頸，心已死，再也沒有什麼好期待。

儘管如此，我還是希望可以不用再說謊，可以抬頭正視自己，終於，終於可以大聲說出我，是的，我，就這麼簡單，沒有一絲一毫的懊悔和內疚。說：我，西蒙・西維斯特，曾經是鄉村的卡薩諾瓦，及時行樂的唐璜，卑鄙的摧花高手，秘密情人，我四處調情，鬼迷心竅，縱欲無度，如今萬念俱灰，目光呆滯，心力交瘁，心神恍惚。但是我曾經是這個十一歲的男孩，憂鬱，害羞，笨拙，口袋裝滿玻璃彈珠，玩具士兵；我曾經是這個男孩，擁有完整的血肉靈魂，卻被人偷走拐走，然後被硬生生地套上一個成人之軀，一個突然被陰影和暈眩重壓的軀體，一個樂於形變遊戲的軀體，就像小朋友咿咿丫丫堆疊起來的彩色積木，木頭的也好，塑膠的也好，不高興時就被氣急敗壞地推倒，伴隨著一陣豬被宰的狂叫聲；一個突然開始會玩的軀體，玩，玩，玩到痛快爲止，玩著瘋狂輕薄的愛情遊戲，散盡自己和他人的生命，那些溫柔的，害羞的，坐冷板凳的，滿臉青春痘的，憂鬱的，天眞的生命，小心！小心淚水氾濫，小心尖聲劃破，小心桅杆斷裂的船，橫屍散落在什麼樣的暗礁上：撕裂的枕頭，受傷的胸口，淸晨哀怨的面孔，當臉上的妝只不過是塗鴉，而斷線的雙腿，在房間裡拖著走，就像在積滿灰塵的劇院幕後。

你知道的，我多麼希望可以如此。讓自己不要那麼痛苦，能走出自己封閉的世界，重新開始某種類似愛的東西，某種淸純的，溫柔的，有生命力的東西，可以一勞永逸的讓這具軀體——這具像是沒有用的舊玩具般被丟棄在記憶深處的軀體——和劇變前的這個男孩——當時森林依然處處充滿著神秘和驚喜——兩者相互契合。然後，像棲林之鳥般內心平靜地離開這個世界，而不是像我現在這樣，夜夜惶恐顫慄，就像獵人步步逼近時，那隻失音的松鴉。

當狂風呼號之時，特別是當林木在我的背後顫晃，而我的拖車也隨之顛簸起伏的時候，我會害怕天旋地轉，害怕我那空虛的生命襲向我，害怕記憶的傷口再度被扯開，更怕苦澀的精液和淚水洶湧。所以，爲了和這一切鬥爭，爲了讓這些惡夢般的影像改頭換面，讓我自欺欺人，我會跟我自己說話，會在漆黑中喃喃自語，辱罵暗夜，大肆竄改西蒙的故事，像我記得的那樣，也像我忘記的那樣，我不斷地重新捏造這個故事，正如冬夜裡用來哄騙小孩的暗夜狼嚎的童話故事：從前從前……，等等。

4

從前從前，在某一個村落裡，正如其他無數名不見經傳的村落裡，一個林木蔥蔥，曲徑盤繞的村落，田野翠綠金黃交錯，麥穗油菜間雜著荒地；一個失落的村落，幽幽幾戶燈火，瓦板爲宇，或紅或灰，斷壁殘垣，渺無人音，那瘦弱身影的教堂，隱約幾許浪漫時期的風格，誰還會記得什麼？革命、戰爭已逝，雷、火、冰、霜反覆幾次地侵蝕著牆磚屋瓦，如今只留下精魂散佚，七零八散的一堆石頭，以及星期日還宛如穿著工作服般忠實出現於墓園盡頭。

在這個村落裡，一棟孤宅的二樓，四面透進的風助長柳暈眩和枯草熱的肆虐；就在這棟除了一張褪色的小招牌酒館菸草食品店以外，可以說是毫不起眼的房子裡，西蒙誕生了，聲影交錯的床單，仍記得這一刻，我母親也把這張床單一直保存在她的房間裡，橡木衣櫃的深處。那時，天際既沒有雷鳴閃電，四周也沒有喧囂驚恐來迎接這一天，只有失血產婦的慘白。臉色一樣蒼白的醫生，沒輒地亂竄，他已經開始擔心，萬一事情不順，如何面對板著臉孔，緊握雙拳，僵立在床腳的男人。

隨後，人們也只記得那把產鉗，傷痕仍烙印在我的額頭上。或許就在這段歲月裡，小寶寶開始他的第一顆牙，第一步，第一次跌倒，從驚懼到發現，然後獨自一個人長大，夾身在滲出煙燻汗臭和調味料的父親，以及散出蜂蜜香草味的母親，多麼慈愛的母親在天好時順、大庭廣眾之下，卻自甘浸泡在廚房和告解座裡，拖著一籮筐的煩惱、焦慮、靜脈曲張、偏頭痛，就像拖著她那雙粉紅色的絨球拖鞋，走遍樓上四個大房間，巡視她那塞滿各種舊貨的地盤：風格詭異的沈重家具，充斥各種地攤小玩意兒的玻璃櫃，鐵圓桌，布穀鳥鐘，鄉野情趣的餐盤，還有誰曉得是督政時代還是拿破崙時代的蝸形腳桌子，和只會越來越蒼黃的乾燥花。

在樓下低欄橫擋之處，一旦通過竊竊私語的暗穴，父親的王國便展現於眼前：裝蔬果的木條箱，一袋袋的咖啡豆、胡椒，罐頭，瓶子，糖罐，在靠馬路街燈那頭，近吧檯的那一角，擺著三張漆布木桌和幾張椅子。這就是穿著藍罩衫的國王最沾沾自喜引以爲傲的全部家當。這也是小孩子最無法抗拒的地方，還太小的小孩，就只能獨自在客廳的大桌子下推著木馬衝鋒陷陣。當媽咪在撣灰塵，他們如陣咳般地輕輕晃過整屋子家具，然後，她氣喘吁吁地癱倒在沙發上，開始魂飛夢遊，一直到天色漸暗，鐵窗拉下，樓梯在菸草王的步履之下吱吱作響。然後，她才突然回神過來，熱鍋螞蟻，一手抓住撣子，急急排開全副陣式，一邊靜聽風吹草動，算計著腳步聲所拖出來的疲憊程度和帳單長度，暗自期待，結果終將把她從男人潛在獸性的暴怒及壓力中解救出來，正如上帝透過神父之口所再三重複的那樣。

5

問題在於：我們是否可以把雲的翅膀綁在桌腳上，以便留住一片雲；是否可以從上猛撲過去，以便逮住那不斷移動的影子；當母親俯身道晚安時，是否可以把母親的味道、肉桂香及牛油餅乾味，鎖緊在眼皮下，然後任憑高興地讓若隱若現的胸部漲起，以便吸食夜奶，我們可以嗎？西蒙沒有找到答案，然而他已經竭盡其力了。沒有用：他還是錯失他母親。甚至三不五時，他得和酒味薰天、玩世不恭的菸草王勇猛奮戰，避免他那毛茸茸的大手像毛蜘蛛般在母親圓滾滾的雙臂上溜達，讓他嗤鼻笑看心碎狂怒的小子，被一手或一腳擋在遠處，而母親，欲迎還拒，像隻待宰的火雞，細聲尖叫，笑聲格格，一副要掙脫的樣子，哎，喬治，算了吧，喬治，現在不是時候，小寶貝在那裡。

——這小子懂什麼？還乳臭未乾呢。而你，小蒂，總有一天你會倒楣。

西蒙厭惡透頂他爸爸的新發明：叫他媽媽小蒂，好像在叫一隻貓或一隻鳥，他可以隨性要她跳舞就跳舞，要她唱歌就唱歌。眞希望他那虛情假意的調調立即消失。只要他一走遠，不管是在店門口或路上，就和酒肉朋友吹噓，口口聲聲嘲笑查某人來查某人去，或當他要西蒙滾蛋時，查某人馬上變成吼向西蒙的×娘的，不，不，我就是沒有辦法忍受這一點。媽媽叫瑪蒂得，就是瑪蒂得。

總之，一向如此，當這場混仗結束時——我記得，當時的我很難纏——菸草王，眼睛黑一圈，有點生氣，打開收音機，然後癱倒似地坐入餐桌，而這時的西蒙，怨恨和滿腹的淚水濕透了母親的裙子，氣得脹紅的母親卻把西蒙推開，像隻剛被關入一片黑暗的金眼母雞，靠著雞欄發火。

——你快去睡覺，他最後說，已經很晚了。

——但是，喬治，他一口都沒吃！

——在他這個年紀，他會吸手指頭。

——你也太過份了！至少讓他喝完湯。

——快滾！別吵我。

菸草王絕不會錯過「杜哈東一族」，這是他唯一感興趣的節目，由說唱藝人渣皮馬克斯主演：這是唯一一個節目能讓他笑到淚眼盈盈，展露歡顏，陶然忘我，暫停呼吸，時間停擺，湯匙像隻停在湯上的蜻蜓，一直到眼皮重新開始眨動，嘴巴重新開始滋滋的舔動：是的，唯一的一族，他曾經有過稍許的寬容，然而，在他的王國裡，他從不容忍任何人，除了朱羅，因為他在大海裡喪失了一隻手臂，有可能是因為操作不當，還有老居斯，在軍令及爛泥之中，成就了貴婦之路及光榮的馬恩戰役。命令，榮譽，紀律，是國家的精神食糧。義務，爸爸怒吼著，義務。就像在韓國，手拿鋼盔，腳跟併攏，是的上尉，當然上尉，的確上尉。但是一有機會，說話速度略微加快，他總是遮遮掩掩三個星期後就逃回來的事實，他病了一場，就匆匆地被遣返回國，他樂得脫離困境，而且毫髮未損（走開，沒什麼好看的：最大的痛苦，等等）。要是打斷他的話頭，阻礙滔滔話流，利用沈默的空檔問明細節、原因，暗示畢竟及究竟，那絕對是引發一場風暴最快的方式：拳擊桌上，杯盤跳躍，他站起來，滿面通紅，打翻椅子，他媽的，你是哪根蔥，毛頭小子，膽敢跟我頂嘴？你以爲你在哪，還不是像隻小狗一樣，跟在你老娘屁股後面，路上一隻狗隨便汪兩聲，就嚇得屁滾尿流，還不止一次了。好了好了，閉上烏鴉嘴，大家都懂了。常客知道該怎麼做，要擺出一副洗耳恭聽的樣子，想像旗正飄飄，且得睜大雙眼，當父親微醺，不厭其煩地重談他那想像中的戰役，眞是比眞的還要眞實。我們也差點以爲是眞的，血流滿地，傷兵哀嚎，流彈四射，這是需要勇氣的，該死，我可是吃盡了苦頭。如果當時沒有你媽在故鄉等我，我早就留下來了。對不對，小蒂？

——別口沫橫飛了，喬治，瑪蒂得邊說，邊站在椅子後面蠕動不安，一心只想偷偷地甩開在裙子底下捏她大腿的大笨蛋。

——女人啊，他一邊自我辯解，一邊對人群大笑，要她們點頭比搖頭還難，一旦開始，又一發不可收拾。

他們像小孩子般爆笑出來。我沒睡，睡不著，我是母親沒有抱抱的小孩，獨自待在暗夜籠罩的房裡，像隻漂流的小船，擺盪在尼可潮濕的身體——我那流鼻涕的弟弟，張嘴睡覺，還帶著擾人的呼呼聲——以及群聲四起之間，樓下的笑聲挖開寂靜如同挖開一個洞穴，而且用荒誕的影像，來蓋滿穴壁。我的嘴裡是一股怒氣，一股發霉的晦暗，而骨頭裡，是一陣冷颼颼的感覺，像塊丟到岸上的石頭，重如沈船，那溺死者的沈重，朱羅手臂的沈重，媽媽胸部的沈重，眼皮的沈重，暗夜的沈重，微不足道的沈重。

6

因此，有一天，我們十一歲了。叫做西蒙或小西（我的朋友都這麼叫我）都無所謂。我們太寂寞地長大，以致於無法區分雜草和良草，讓人冷靜下來的巴掌和漫不經心的親吻，反正不都是門一關上，袖口一擦，就沒了。在客廳的桌子下，我們是聽話的動物，在玩具士兵及無情卻不見屍首的戰役裡，我們晉升爲男人。當玻璃門前的鐵窗拉下，步履在樓梯間裡迴盪的時候，我們在燈下倉促趕完功課，絕不留一絲疑綻。每次罰抄被發現，或展示在光亮的桌布上的成績單，像現行犯般被逮個正著時，一頓揍就有得挨了；在淚眼之中，爲軟化母親而誇大的哽咽聲之間，內心就吶喊著要離家，再也不回來，或者想像著，我們會長大，變得強壯，英俊有錢，意氣風發，整個村子居民會聚在門口、掛旗的窗邊或絢麗的小廣場上，熱烈歡迎我們，而爸媽，僵立著，萎縮著，可憐兮兮地，不敢相信他們的眼睛。我們走向他們，寬容大度，把他們緊抱在有力的雙臂裡，他們兩個窸窸窣窣地哭起來，人群屏住氣，心有戚戚，然後當這對小老夫妻終於露出笑臉，雙眼濕潤，鼻聲抽搐時，和解之吻馬上就引爆出激烈的掌聲。

目前，我，對不起，是西蒙，才十一歲，他等著父親暴怒結束，他盡情地哭，脫口而出的字就像口袋裡的石頭，是唯一的慰藉。是的，脫口而出，但是，海水總是比淚水流得更遠，而且一切總在人們套上大衣之前平息。但是，眼底總會留下像鹽般的東西——狂怒或慾望——讓小船得以浮起，未來得以開展，正如某個復活節的早晨，在花園藍色的草地上。

而且如果，靠著桌子，在墨水嗚咽的筆記本前，西蒙還被嚴厲地訓斥著，透過父親的聲音，乒乒碰碰：唉，好看的蛋通通摔碎了。

7

昨天還是復活節，今天就已經是夏天了，就像這一年，西蒙的童年，爲了這個艷頰紅唇、聲音嘶啞、胸部渾厚的女人而突然天翻地覆。

一個酷熱的夏天，相信我，這不只是一個比喻，灼傷的痕跡深深嵌入我的骨頭裡。我幾乎還可以感受到我的心在亂跳，像是爲西蒙而跳。這天下午，他氣喘如狗，因爲他剛跑完，在汗水濕透的襯衫下，一時還喘不過氣來，他彎腰弓背地坐在路旁的樹根上，凝視兩腳之間這塊似乎還在獨自往前衝的草地。

就像一隻從鳥巢裡跌下來的鳥一樣，望著天空又能怎麼樣，如果四周沒有任何東西可以讓人遠離前夜憤怒的菸草王所發出的威脅，那就像一塊烏雲籠罩著西蒙，因爲是無形的，所以顯得更加漆黑：送你到M市教會中學的寄宿學校。聽到了嗎？如果你讓我發現你不聽話。

太遲了。什麼都沒有察覺到的西蒙，當他衝過田野，無視荊棘殘枝樹叢，當他如山羊般地跳過帶刺的鐵絲網，攀過如鼠窩的丘陵，就怕被逮到，耳裏只聽到喘氣聲，太陽穴的猛撞聲，這個本能的聲音，該爲被圍獵而失措的動物，開啓大門的聲音。

但是還是太遲了。他是否眞得想要破釜沈舟已經無所謂了，出現在不該出現的地方，他父親是不會饒了他的。西蒙，上氣不接下氣，襯衫黏著上身，低著頭，等著一場激烈的爭執。

太陽可以像個瘋子般在麥田裡打滾，天空可以織出一片無縫的藍，大地老鼓可以像新鼓般地迴響：但是對我而言，主調是哀傷的。哀傷地像一個校長，像學校的操場，像置身鐵欄的椴樹，葉子一片一片地掉落；像我們離開的村莊，咖啡香，打牌人的叫聲，當朱羅連贏了三次，誰曉得是要了什麼花招時；像衣櫥上鞋箱裡雜亂的玩具兵，和躲在陰暗的籠子裡的胖兎子，提早做好被烹烤的準備；他哀傷莫名到極點，這個停在路邊的夏天，因爲，因爲那顆心突然潸然淚下。

8

我應該是把他們甩掉，或者是他們自動放棄了。兩腳笨重如我（這個老是在袋子裡跑的令人不快的印象），他們想要的話，早就追上我了。其實，他們對我的厭煩就像我對他們的不耐，西蒙想。我唯一引起他們興趣的，是我替他們到店裡偷竊。至於其他，唉，笨重如書的小西，太害羞，太嚴肅了。

（深思熟慮的，祖母說：這個深思熟慮的小子，有一天她這麼叫起來了，就在最後幾次去養老院探訪她的時候，那時她越來越深陷進尿味雜著藥味的房間濕氣裡，而當我們替她上褲扣時，她的頭像教堂募款箱上的天使般晃動著。他將成就非凡，我告訴你們，體格長得這樣，會是個帥憲兵。惱怒之餘，我一口回說，才不呢，阿媽，我會是大流氓，我加上手勢，將一把想像的左輪槍對準她，碰碰兩聲，嚇壞了輪椅上可憐的老太婆，頭也不晃了，只有父親精彩的一巴掌還在晃，留下憲兵和流氓在眼冒金星的腦袋裡久久不去。）

深思熟慮，誰說的，其實是任性，天眞又不夠愚蠢，以致無法忍受別人亂混一通地把印地安人和毛瑟槍、德國人和美式步槍搞在一起，把北螈當成蠑螈。他們從來沒有看過一本書。愚蠢透頂。但是，我最終會比這些需要有人在後面踢屁股的頑石還強嗎？父親是對的，我總是在盛怒當中，反對所有的一切和我自己，而他們卻連一塊破銅爛鐵就可以玩得不亦樂乎，接受人生，享受人生。是我把這一切都搞得太複雜了。

其實，我只喜歡一個人獨處的時候，躺在蕃薯袋上，靠近屋頂的天窗，翻著冬天時爸爸用來塞窗縫的舊畫刊。這時，世界與我相適，我的腿也是完美的。消息是過時的，圖片是發黃的，連載是不完整的，都無所謂。我的眼睛通常只稍稍略過字句，儘管手指頭還隨著文字一路滑移，我的心思已緊緊跟隨著纏在天窗洞口蜘蛛網上的大蒼蠅，它正徒勞的比手劃腳。蒼蠅越掙扎越不可自拔，蜘蛛夫人此時卻悠哉地在外面大採購，對她的陷阱信心十足，晚上回家時，絕對會有一頓熱騰騰的晚餐正等著她。

西蒙正是這隻蒼蠅，深陷一團剪不斷理還亂的問題當中，當他的哥兒們手插口袋閒晃著，像母蜘蛛一樣地自由自在。但是他到底在搞什麼鬼，老是想插手他們的閒事，阻礙他們破洞百出的計畫，藉口要救出受害人，其實一想到會失敗被嘲笑，或像現在，被毛茸茸的蟲蟲嚇到，都會讓他不敢有任何動作。唉，懦夫，懦夫，假泰山，紙老虎，藐視危險，卻躲在溫暖的被窩，糟糕透頂的口吃，老是面紅耳赤，要跳上鄰居的牆時，要把大艾狄特的胸罩杯頭剪個洞，或要在胖茱利安橘色寬褲沾上糞便（去弄啊，呆頭鵝！）時，偏偏又退縮不前，只能吞下你假惺惺的狂怒和抗議。

一點辦法也沒有，就算西蒙可以爲自己找到最好的理由，也無法得到自己的好感，一直到今天還是這樣，在離開拖車和丘陵去採購一星期份的食物時，難得到山谷的咖啡店喝一杯，依然瞧不起自己在笨蛋那堆得意洋洋的蠢話面前，如此地束手無策。這些笨蛋，胡扯一些八卦新聞的同時，卻有辦法顯出一副專家般無懈可擊的自信。或許正是這

種懦弱，這種假英雄的軟弱，最後總是讓我怒不可遏，氣得把自己丟出越來越悶熱的頂樓，

避無可避地著陸於馬路上，除非半途被菸草王叫去：有空箱子要焚燬，生火木柴要劈，舊貨要收，

避無可避地降落於他們的魔掌之中，因爲，可以這麼說，他們一直在那裡等我，在我家門口，正如隨時準備出擊的陷阱，如狼待羊入。

這個下午，正如其願。

9

這裡指的狼是兩面的或雙頭的，隨便你，雖然每個頭有各自的軀體，但是他們是如此地難分難捨，以致於我們可以把小的那一個當成大的的影子。

小隻的，叫鼻涕王，簡直就是一堆鬆垮的肉團，當他沈浸在胖手指裡若有所思的時候，還會邊擤鼻涕，而大隻的佛瑞迪，又叫紅手的，因爲他宰過一隻豬，這隻則像是一根充滿節次的竹竿，橄欖樹棍，乾巴巴地像條蛇。總之，他們是最糟的、最令人不敢恭維的哥兒們，但是也是唯一會在每個星期四下午或放假日等我的拍檔，坐在酒吧兼雜貨店對面的矮牆上，晃著腿，他們的空腦袋裡已經在密謀天知道什麼罪大惡極的餿主意：按門鈴，神不知鬼不覺地趁安瑟姆的父親小睡之時，灑一泡尿在他家的麵粉上、把墳墓上的花盆掉包、把劉婷剛洗好的衣服，塗上小路易的黑煤球。

班上無可救藥的最後幾名，徹底的留級者，但是作弄別人時他們卻從不缺乏想像力，我一直無法理解他們對我的吸引力到底在哪，或許是種病態的好奇心和讓人眼紅的認可之間令人不舒服的混和，使我對他們既崇拜又抗拒，一面想找他們作伴，一面又心不甘情不願。但是既害羞又膽小的我們，還有什麼其他的辦法可以忘懷自己的憂鬱，同時又可以逃避店裡的苦差事，客廳的打蠟，和母親沒完沒了的哀怨呢？

10

他們決定要在我家下面的小水塘找北螈，一如往常，我勉強地走著。事前，還被迫從倉庫裡偷兩罐空瓶子出來，這些暗綠色的大瓶子上，寫著「完美」斗大的字，讓我愛不釋手地撫摸著那優雅的字跡。

路上，鼻涕王吸鼻涕的聲音大響，他那樣大聲瘋狂地吸，根本可以說是故意的；佛瑞迪則玩他的扮演美國踢躂舞者阿司特的遊戲，五音不全地吹著口哨，在牛糞之間飛舞。像廣告般笑僵的嘴，我向天乞求在我家還看得見之前，能突然烏雲密佈，雷雨大作。我多麼希望能在車庫找到寶琳，玩她想玩的醫生遊戲，甚至借給她我那玩意兒（就讓我來弄，我不會玩壞的，你的小雞雞），但是，每個星期四，不管有沒有放假，她都和她母親在洗衣處做苦工，洗的苦哈哈，滿手龜裂，浸在藍藍的洗衣精裡。

西蒙卻是第一個抓到北螈的。他用一根手指頭把北螈按在手掌上，靜靜地觀察牠，剛開始的時候對牠的無動於衷有點訝異，牠像是被嚇得不敢動。然後，這個佈滿斑點的小東西在他的拇指下重新開始抽動，西蒙才覺得鬆了一口氣。一定是隻母的，人家在班上是這麼教他的：如果背後沒有突起……。拿好，小西，我們來了！在另外一邊的其他兩個，一起站起來，快步繞過水塘過來。西蒙看到佛瑞迪的手，鼻涕王的獠牙，西蒙一邊迅雷不及掩耳地放回北螈，小東西隨即消失在泥水裡，一邊拔腿就跑，叫囂聲和威脅聲在如同盛水盤的藍空中彈跳著。萬一他們追上我，免不了來個大噗通，被迫洗場淤泥浴，然後回家等著一頓鞭打。

害怕之極，太陽穴如鼓撞擊，在遮住他們視野的小樹叢後，我突然轉向。小徑在荊棘叢裡猛然變陡，但是我到了平原時才敢放緩腳步。我全身都濕透了。確定把他們遠遠地甩在後面以後，我才坐下來喘口氣。剎那間，一隻鳥擦身而過，我抬起眼睛，這時，恐慌，一種無法控制的恐慌突然襲來：我一下子意識到我在哪裡，草地，小灌木，荊棘叢，碎石路，甚至空氣，寂靜都指著我，揭發我，啊，小叛徒，讓我給逮個正著！糟了，是高惡！而我什麼都沒有察覺到。父親的威脅襲向我，眼裡的草地變得模糊，天空變暗，學校操場復出。

一個巨大陰森的學監，兩手插在背後，用發黃的眼膜瞪著我。不，老天。我不要。還不要。

11

高惡，一如其名，一定是被叫衰了，或被詛咒的地方，光禿禿的一片丘陵，迷失在圍繞村莊的綠丘之間。稀稀疏疏的灌木叢，帶刺的刺菊，一片遠離旅客的蠻荒之地，是個只有落日能使之微笑的險境。沒有綿羊也沒有乳牛。但在山丘的側面，像個花飾般，一棟瑞士山區木屋式的小房子，玫瑰色的泥牆，刺眼的綠窗板延伸到那個亂蓬蓬的平台式花園：這就是茱內特的地盤。

幾天前，菸草王，在兩口豌豆湯及兩聲抱怨之間，警告過西蒙：你知道高惡吧。我不准你這個夏天到那裡閒蕩，你聽到了嗎？沒有什麼好可是的，這不是一個小孩子該去的地方。你聽懂了嗎？別讓我發現你到那裡混。還有，我跟你說話的時候，看著我。

當他怒斥的時候，他的眼睛瞇成槍眼似的細縫，我實在是招架不住他射出的黑箭。我最後總是會低下頭來，盯著在我手指之間絞來絞去的餐巾，要不就擺出一副無所謂的樣子，用手肘弄掉湯匙，故意搓時間，等媽媽來介入，救我出來。兩次總有一次會成功。

我們從來不在餐桌上提起茱內特，這天也是一樣，我的意思是直接提起，而我的母親，忙於鍋碗之間，也沒想到她和高惡的關係，但是前天，剛好在酒吧關門之前，我撞見父親和老居斯在門口長談。我聽到這個忌諱的名字，夾雜著高惡，和某隻在高處的綠烏龜，一起讓他們笑不可遏。一種下流的，粗鄙的，骯髒的笑聲，很像佛瑞迪胡扯時的笑法。我覺得像是被背叛一樣地被刺傷。我父親大概也察覺到了，突然轉過頭來，眼神黑暗，用手指指著我：你趕快給我滾，我自己來整理箱子就好了。

在床上，我奪走茱內特，這個女人，就像老愛搔癢他的石門水庫的居斯所說的，在他老邁又性無能的怨聲裡，好像另一種流口水的聲音，在鄙夷之下，慾望橫流。這都該歸咎於這個家禽般的聲音，像鼻涕蟲般滴口水的聲音，或像我不知道多少次眼睜睜地看著消失在池塘裡的蠑螈般的聲音，藉著在滿空繞圈圈的弦外之音，把我，西蒙，排除在外的笑聲，逐漸地我不得不接受茱內特，如罪惡般地優美，比一頭乳豬還光滑，還粉紅，她滑入我的思考，然後，她的熱腹在床笫間黏著我的身體，她在我的皮膚下點起一把火，如此地溫和，我的兩腿之間突然變得硬挺，就像在寶琳濕黏的手裡。

在我的旁邊，尼可正睡著，張著嘴，規律而細小的呼呼聲。我轉過身來背著他，蜷成一團，雙手夾在兩腿之間。頭深埋在枕頭裡，迷失在遠方的雙眼，在緊閉的眼皮下很遠的地方，我等著茱內特。等了好久。趕走寶琳，趕走媽媽。一直到睡意來襲，四十四隻石獅子，趕走窗前床前的野牛和綿羊。

12

太陽的鐵板重壓在背上，這個比喻似乎很勉強，但是我的確是這麼覺得，在我肋骨上的這個重量，在我腰間的火舌，就像鐵板的尖角，雖然我還沒有看到榔頭，但是我早就知道誰拿著這支榔頭，回家時，向我猛襲而來的風暴又會是什麼形式：喊叫，巴掌，棍打或揮鞭。一頓家常便飯。我也知道所有我能提出的藉口都於事無補，而且越簡單的事實越令人難以置信。高惡在那裡，還有女巫的房子。不管我怎樣閉上眼睛，張開眼睛，轉移視線，凝視在下面的平原，有老天為證，即使盡快離開這個該避之唯恐不及之處，都沒辦法改變我曾上來這個地方的事實。無心也好，大意也好，疏忽也好，不管怎麼說，就是已經上去了。太遲了。你這下又被吃定了。可憐的韓森，沒有妹妹葛蕾特在這裡握著你顫抖潮濕的手。啊，寶琳，寶琳，為什麼你棄我而去？

如果沒有人在途中看到西蒙，認出他來，那眞是見鬼了。在田野，草地，總是有一些我們看不到的人，他們好像在又好像不在，旣不現身，卻又凡事看得一淸二楚，還愛打小報告。在這個時辰，菸草王可能早就知道了，吧檯同一個地方已經被他擦了兩次，他獨特摩拳擦掌的方式，就像吃人妖在磨刀霍霍。

西蒙坐了一會，頭埋在雙手裡，以便理淸頭緒，但是太多的影像擠在他的腦袋裡：在車庫裡一陣挨打，媽媽的尖叫聲，保羅端上來的紅酒洋蔥燒野味，學校宿舍，操場，黑色的柵欄，圍著他嘲笑的學生。當風暴洶湧而來的時候，該向哪位神祇禱告？無力而驚恐地戰慄著，他試著返回原路，試著想起任何可能遇上的人。除了諾侯德——小路易的母牛——當時正走出牧場，以便隨心所欲地吃斜坡上的草以外，連個貓影都沒有。心跳聲碰碰作響，喉嚨哽住，他灼熱的雙眼看到的盡是敵人，每片葉子背後，櫃臺或聖水缸的每根柱腳，盡是搖晃的頭和惡毒的毀謗。上帝的手指，講台上的神父先生不斷地重複著，上帝的手指會跟你一直到墳墓。

太遲。這兩個字從背後抓住西蒙，搖晃西蒙，就像他父親已經用巨掌削了他一頓。兩個字，兩拍。一段華爾滋，一陣旋轉，但是舞伴被客廳的桌子分開，如果他們轉動，是爲了不要撞在一起，因爲兩邊實力不等：太，大的一邊，又寬又重，遲，小的一邊，又長又軟。

太：還跑，小壞蛋。

遲：我們那時在玩，爸爸，而我搞錯路了。

太：是嗎，那麼這一掌絕不會搞錯。

遲：唉，好痛，我什麼都沒做，是其他人在追我。

太：那麼這些小壞蛋也該打，你幫我教訓他們，現在，上床去，明天再談。

太遲，我可憐的保羅，看來你的死期到了，而我就要上在柵欄後面的中學，正如佛瑞迪所說的，他所有的消息都來自他哥哥，根據這個最佳的消息來源，他說，我將在一棟光滑冰冷的大宿舍裡嚇死冷死，高大而瘦巴巴的學監，一身暗綠色的皮膚，整串鑰匙叮叮地響，在蠟燭微光下，一五一十地檢查他那群學生，紀錄哪隻害群之馬在睡覺時，手放在被單下進行滔天大罪。不用說，他一定會把我指出來，要我下床，顫抖地跪在被我淚水淹沒的走廊，一直到寢室的燈光暗下，暗夜降臨在我和所有人類的苦難上。

13

門吱吱的聲響猛然地把西蒙從沮喪中拉出。離他不遠處，一個女人剛進入延伸出來的花園，整個花園驟然甦醒，震顫。她在腰間提了一籃衣物。在綠光中，她的頭髮閃耀著，綻放著，就是她，就算從來都沒有看過她，他也一眼就認出她。比他的夢更強更眞，就是她，讓老居斯口水橫流，讓他父親笑得像是拔開塞子的酒桶，就是她，暗夜裡進入他的床笫之間，悄悄地溜進他弟弟和他之間，就是她，茉內特。她沒有察覺到男孩在下面，近在咫尺且目瞪口呆，極力克制他的呼吸，縮起他的影子。我可以想像，她轉身背對著他，彎身翻尋著應該是放在她的腳邊、在整排曬衣繩下的籃子。裙底下白色一閃如一陣光，寂靜驟然來襲，在他眼中變成肉體，裙底下強烈的慾望冉冉而升，火燒西蒙，而周圍的花卻熄滅消失。

（唉，溫和的耶穌，讓我觸摸這雪白，只用手指觸摸就好了，一下下就好了，一次就好了，只要讓我觸摸，上帝，如此我將痊癒。我將獲救。）

她彎得更低，如同聖餐杯般地高舉腿底的白褲。西蒙動也不動，連呼吸都不敢。汗水從太陽穴、從前額流下，輕刺他的眼睛。他感覺到他的性器在膨脹。它高舉時，衆生無不低下頭來。在這裡是不可能的。西蒙反應遲鈍地站著，失神忘我，步履維艱，好像在他睜大的雙眼前，只剩下這朵花的存在，這朵絲質肉感的花，這一影像，讓雙眼迷障，儘管此時影片仍繼續放映著。女人重新站立起來，用一塊抹布擦過曬衣繩，衣服一件一件晾上，她消失在被單後。但是西蒙，沈浸在他的冥思裡，什麼都沒有覺察到，好一陣子後才回神過來，瞭解到有人和他說話，而且那個聲音是對他發出的：

——喂，你在那裡做什麼，小寶貝，你錯過了你的火車？

她走出畫面，向他彎下身來。小嘴如櫻桃，她寬大低胸的金色果實供在鑲花邊的餐盤上，彷彿還有三顆水珠在那裡滾動著。西蒙心慌意亂到了極點。就像每次他母親低身幫他綁鞋帶時，儘管可以居高臨下地俯視著，但他再也不能用手指去玩弄聖水缸了，而他弟弟卻愉快地享用著，不管媽媽如何地輕拍，他反而越笑越大聲，西蒙爲此怪罪尼可，爲這個他不再有的權益，爲這個硬生生被剝奪的天眞，連問都不問他意見，因此母親該爲此負責。就像他現在要報仇一樣。他目不轉睛地盯著她，而她，茉內特，我想她是故意的，幾乎要拿出胸部來給他舔似的，她說著說著，越彎越低，但是他什麼也聽不見。他緊盯著黃橙橙圓球上的汗珠，雀斑也跟著旋轉。

——這種天氣你頭上什麼都沒戴，你會病倒的！你也太不小心了，我的小伙子。來吧，來樹蔭這邊。

三四圈高雅的金手鐲叮噹作響，她用手臂指著右邊紫藤下的入口處。她的指甲塗著指甲油，腋窩下有一小撮橙黃的草叢，

而現在所有的汗珠，上帝，所有的，都湧上我的頸部，是我，在往下沈。

14

樹蔭和清爽和樹蔭。女人的香味。

——你怎麼會把自己搞成這副德行！把襯衫脫掉。

茱內特抓了一條毛巾，用力擦西蒙的臉，手和腳。眼睛半開半闔，我任由她擺佈。毛絨絨的毛巾有一股玫瑰糖的芬芳。繚繞不去的香味，薰衣草香混著汗水味。

——要不要我幫你放洗澡水？

她所說的話，我幾乎沒聽到，宛如糖和肉桂，肉桂或糖，流在舌尖上，流入耳裡，而她慵懶地移動毛巾時，我看著她粉紅豐厚的頸子，她擦拭時，我盯著她的兩胸之間。晃動，移開，相碰。

——你叫什麼名字？

——西蒙。

——好可愛的名字。你從下面的村子來的？

——是的，太太，那家酒吧兼菸草店，在村口。

——是嗎？眞奇怪我們從來沒有見過面。我從復活節以來就在這裡了。你該不會是要我吧？看著我。

我一下子臉紅起來，好像一排乾柴在烈火上燒。沒地方可躲。一點也沒辦法抵擋腦子裡向我襲來的暗夜，父親的笑聲和老居斯的手勢。那女人就在我面前，威風凜凜地，我嘟噥著，

——我發誓，太太。

——別太太來太太去的，好不好？叫我茉內特，她一邊說著，一邊把毛巾丟到桌上。在這裡等我，自己去拿一杯牛奶。你滿身是汗。冰箱裡有新鮮的，我昨天才放進去的。

來不及看她的手勢。我四下張望，看誰可以告訴我這個我生平第一次聽到的怪名字。在我們家，是把早上或前夜剩下的牛油、乳酪、農場牛奶，保鮮在掛在地窖樓梯下一個圍著鐵絲網的木籠裡。冰什麼東西來著，聽起來一點都不像木籠。最後，西蒙彎向水龍

頭喝水，用袖口擦嘴，然後向客廳跨一步。一步而已，而不是兩步：就讓他怔怔地站在門口，驚訝地張口結舌。

從整片白色的地毯，上面鋪著東方式的紅色小地毯，到黃色橘色的箱子，掛著如手般長長的流蘇；枕頭、耀眼的名貴家具、中國古玩、金飾、牆上的畫作，啊，沒有像家裡一樣放在纖維框架裡的水源母鹿圖的粗縫掛毯，而是幾個陰沈、醜陋的男士們，不可一世地穿戴著白色的硬領和領結，中分的頭髮，黑色的鬍或傳教士的鬍子，還有玻璃框圍著的小型版畫，淹沒在厚重的金邊畫框裡的袖珍水墨畫。然後是書，上百本的書，成堆的書，一排一排的擺在地上，或混亂地散在桌上，綠色帶穗子的天鵝絨沙發上，蘇格蘭布做的安樂椅上，或亂七八糟或立或臥地擺在滿得快爆掉的書架上，媽媽看到那灰塵大概會絕望透頂；還有或打開的，或折損的雜誌，和套子取下的唱片，似乎沈睡在一台紅色唱機的腳邊：這可眞是一間雜物堆。

本能地，西蒙開始往廚房倒退，極小的廚房，它的磁磚和低垂的百葉窗，卻讓人覺得十分清爽，幾乎可以說是親切。他忽然很想脫下鞋子，把光腳擺在地面上，讓自己倒在椅子上，灌一大杯冰水，讓水像瀑布一樣從喉嚨流到腳底，但是有某個東西讓他不敢這麼做，他繼續站在那裡，突然，就像驟然意識到自己手臂的存在，他想到他們家的大火爐，想到地板上掀起的木條，想到裂開的氈毯，他看著他微濕的雙手，在池塘裡弄髒的短褲，沾滿爛泥的破鞋。丟臉，丟臉，太丟臉了。快走吧，把自己關在店裡的倉庫，堆起一箱又一箱的貨，只希望容光煥發的菸草王能在此時出現，吹著口哨，和藹可親，稱讚他，拍拍他的肩膀，說，你，我兒子，你是一個不折不扣的男人。

碰巧此時門打開了，是一條吧檯上的美人魚：茉內特，緊貼的頭髮，裹在白色的大浴巾裡，當她走動時，她的胸部，像袋子裡的木瓜，也跟著輕晃。我從這裡就聽到佛瑞迪的聲音：好一雙乳頭，不是？那雙手已經在空中切割比劃著，好像在肢解肉骨般。

——來吧？已經好了。你看我也沒辦法不下水，才弄濕一隻腳，然後其他部分就跟著下去了。噗通！

她笑著。像小女孩般的笑聲，如晶瑩剔透的一陣雪崩，如鳥兒細碎的一串啾鳴。西蒙覺得渾身不自在。一個如此豐滿、如此圓潤的軀體，帶著笛般的笑聲，在這一組合裡，有某種讓人困擾的東西，像是一種猥褻的東西，讓我不知所措。我低下頭來，看著我的雙腳，等著結束以後就要走了。

——你愣頭愣腦地站在那裡幹嘛？快來吧！

西蒙在口袋裡再怎麼用力摸索，再怎麼苦苦絞盡腦汁也沒用，他的腦袋當機，連個救急的小謊言，連個臨時的小藉口，也遍尋不著。而她就這樣抓住他的手，拖著他到上蠟的橡木台階樓梯去。一朵他媽的豔花，佛瑞迪會這麼驚呼。看她攀爬的樣子，眞不是蓋的！傻瓜，如果現在換成是他在這裡，他就不會這麼囂張。根本就是一隻沒事只會汪汪叫，有事就夾著尾巴逃之夭夭的小孬種。

她有一雙雖小卻飽滿而有力的腳，像熱騰騰的小麵包般令人垂涎不已，小腿肚圓融，使得足踝更顯得纖細，還有奶油般的肌膚，白兮兮得彷彿入口即溶。還有，就一個老女人來說，算是美得沒話可說的臀部，如果佛瑞迪看到她，一定還會這麼說。不像你媽。混蛋。他知道什麼？而且媽媽，可是要另當別論，不能這樣亂比。茉內特，就像電影海報裡的女郎，只是她是活生生的，而且沒有一根多餘的骨頭冒出，是一個立刻佔滿你視線的女人。讓你隨時準備彈出眼珠的女人。但是說她老，絕對不是，相反地，她那百合花般潔白的肌膚，令人訝異的勻稱，就像一塊磁鐵般結實有力。證據：只要從她的後面看一眼，就讓西蒙第一次勃起，成人的勃起（細棒或棍子呀，這些佛瑞迪才敢用的字眼，我覺得說出來會刮傷我的嘴，因爲這讓我想起一些不愉快的事，像傳說中鞭子老頭的棍打，或聖誕節的前夜，在學校的講台上，每低於平均分數一分，就被打一下，或像菸草王的棍棒，大醉的夜晚，隨便找個藉口就把西蒙拖到倉庫，痛打一頓大腿來發洩，不，謝了，我才不要。）是的，一個眞正的男人性器，有它自己的生命，熱呼呼地叫人多麼安心，就像一隻緊縮在短褲裡的小動物，但是可以爲了在樓梯間左右搖晃的女泰山之臀，隨時棄我而去。老天，求你讓她別轉過身來。

在台階上，西蒙停頓了一下，他突然不是那麼確定是不是想要洗澡了。可是已經太遲了。機靈如茱內特，心知肚明，意味深長地微笑，在柔軟的嘴唇下，她露出母獅般的牙齒，可以快速咬下、撕裂羸弱的肉體。一瞬間，西蒙再次看到頂樓的那一幕，蒼蠅和母蜘蛛，他開始向後退一步。迅雷不及掩耳地，她捉住他的手腕，緊握在她的熱手中。不過是洗個澡，你別扭扭捏捏了，然後，她讓他走在他前面。

瓷光點點的浴室，如同一片汪汪湖水，洗手台，獅腿浴缸，漆白的衣櫃好像都漂浮其上，而水龍頭則金光四射。西蒙訝異地站在門口。浴缸左邊一台滑稽的小馬桶吸引他的注意力，這個看起來像是給侏儒用的馬桶，讓西蒙急切地想問問題，但是他突然閉起嘴巴，害怕被當作傻瓜，害怕再度引起晶瑩剔透的一陣雪崩。

——你喜歡嗎？才重新粉刷的。你看，就是爲了這間浴室我才買這棟房子。這間的光線最好。浴缸可是歷史悠久，我想都不用想。我先……

她突然反悔，趕快改口，但是西蒙一點也沒有覺察到。他早已心不在焉地迷失在他家的頂樓和地窖間，遊蕩在吱吱作響的舊家具，玻璃瓶架裡，在灰塵瀰漫，堆滿紙箱、木箱及空瓶子的樓梯間。

——這間房子把我們整慘了，我們到現在還沒弄完！上任屋主留下的是如此糟糕的爛攤子……老天爺。殘障的她，只用了下面的房間，就是你剛才穿過的客廳，那間堆滿舊貨、舊書的房間。我已經動手篩選一些，簡直是毫無希望，但是今年冬天我們會認眞的開始，相信我，一切會改觀。但是就像我們常說的，一次先做一件事。現在，先下水。

西蒙沒有在聽。他沈浸在冬日午後的黃色燈光裡，悲傷地望著飛出窗口的書，笨拙地像亂撞的鳥兒，雜亂一片地降落在覆雪的花園，一盆大火在那裡等著它們，而風也在攪和著，直到一切都灰飛煙滅。

——好了，別再胡思亂想了，把你的衣服放在椅子上，那裡，小心別燙傷了自己。水有點燙，但是你待會就知道了，我們一下就習慣這種水溫，而且再也沒有比這更舒服的。你去吧，就把這兒當作是你家。

西蒙想著，在我家，我們一星期洗一次澡，在每個星期六。在寒冷的洗滌盆裡。必須要先拿來乾柴，然後在爸爸的爐上燒大鍋的熱水。以前，媽媽讓我在樓上靠近火爐的澡盆洗澡。她會輕搓我的背，臀和腹部。現在，則換尼可了。帶有黑色大轉輪的洗滌盆是木製的，架高在四腳上，還滿危險的：一個不經意的動作，就可能發生意外。然後，爸爸會吼叫，媽媽會哭嚎，上帝啊。還好，菸草王已經答應，這個冬天會有一個眞正的浴缸，如果這一季的生意不錯。老是如果，媽媽嘀咕著。

15

獨自一個人，西蒙浸濕一隻手，玩著泡泡，淌著水，他又回到三歲，

然後轉開洗手台的水龍頭，五歲了，

試試塞子，哇塞，眞是妙極了，這時才剛七歲，

打開一瓶香水，吸一口氣，九歲，

乍見鏡子中的倒影，做出一個鬼怪的笑容，一臉呆相，十歲，

做出一個超級鬼臉，本人正字標記，十二歲。才十二歲。

哇塞。一個眞正的天堂。蠢蛋的天堂，佛瑞迪加了一句。儘管如此，如果讓媽媽看到，保證她會興奮地睡不著覺，而菸草王想要扶著她站直都很難。或許他甚至需要馬上賣掉他那不值一毛的老爺車。不管怎麼樣，要進入這個泡泡伊甸園，還得要把衣服脫光，

像尼可說的，而要在這裡光著身子，所謂的露出毛來，讓西蒙覺得頗不自在。光溜溜（露毛的）。還眞是佛瑞迪特有的把戲。他們用這個詞嘲笑他，某個夜晚，從教會回來的時候。

——你喜歡哪一個，佛瑞迪陰險地問著他，露毛的女孩子還是沒有毛的女孩子？好問題，容易得很，尤其是在夜幕低垂的時候。而西蒙，以他和寶琳得來的經驗自豪，暗自得意洋洋，識途老馬的微笑掛在嘴邊，回說：當然是沒毛的。一陣喧嘩聲起，響亮地如同第一個巴掌般讓他記憶猶深。四周樹林裡的所有鳥兒，驟然群起而飛。他們，則笑得彎了身子，拍打著大腿，而他，驚訝地望著他們，重複著，怎麼了，到底怎麼了？一臉目瞪口呆。他們笑聲越來越大，彈向空中，像利石般落在他身上，如燧石刀鋒般割傷他的心，一次比一次深，以致於，早就癒合的傷疤，還留下一道道的痕跡，到今天我還不確定是否已經完全原諒他們了。總之，我永遠都無法忘記。

西蒙花了一段時間才搞懂背後的把戲，正如佛瑞迪所說的，你啊，你眞是個大傻瓜！

這傢伙絕不會錯過任何機會重提這檔蠢事，還好有寶琳終於點醒了他——她剛開始也在笑，在一臉狼狽相的西蒙面前，不是啦，我不是在笑你，小傻瓜，我是在笑他們搞的鬼，他轉身背向她，快要哭出來的樣子，甩開她伸出的手，一直到她用一種無限的溫柔，開始親吻他，撫摸他該被撫摸的地方，他才整個人決堤鬆懈下來——沒有她，他搞不好還在翻祖父沒有帶進墳墓的破字典，那本媽媽書架上唯一的一本書。

所以，脫光光，在這個全新、全白的天堂。鑰匙往門鎖一轉，哇，全歸我一人所有的大海。但是那門既沒有鑰匙也沒有鎖，西蒙又開始猶豫不決了。一點也記不起來樓梯有沒有吱吱作響，茉內特是已經下去了，還是留在上面，天知道在忙著整理些什麼，或就近在咫尺，在隔板後面，窺視著。他再怎麼用力聽也沒用，一點聲音也沒有。萬一她突然回來，爲了某種理由，忘了毛巾，口紅，或粉撲，萬一她突然想知道他如何了，是不是一切OK，有沒有被燙成一隻煮熟的蝦，萬一她突然撞見光溜溜、傻呼呼、硬梆梆的他，這下可好了。她會趕快把手放到嘴上，堵住一聲戲劇性的輕叫，或許吧，但是損害已經造成了。西蒙繼續從一隻腳輕晃到另一隻腳，雙眼從門移到藍色的水，再從藍色的水移到門，既害怕被看到，又想要下水。然後，算了，實在是忍不住了，三兩下脫下衣服後，把一隻腳浸到水裡。閃電般地又抽回來，壓抑住一聲輕叫。還眞是一壺滾燙的湯。英勇地，他再度大膽前進，一寸一寸地小心挺進。直到全身舒展開來，忘記自己的軀體，忘記身在何處，及父親的威脅。放鬆下來，閉上眼睛。

唉，眞希望茱內特現在能出現，光溜溜地，露毛或沒毛。讓我一覽無遺。

上帝，滔天大罪竟是如此地美妙！

16

神父先生是錯的，他不曉得罪惡是多麼有益身心：所以他是如此地陰沈沈。上帝的恩寵，反而使日子難過。他或許也需要在茉內特家好好地洗一次澡。到今天，他還用地獄來威脅那些犯了第六條戒律的人。佛瑞迪暗笑著，結果被當頭棒喝。鼻涕王，也一樣，因為他窸窸窣窣地吸著鼻涕，在這裡，教堂的拱頂之下，一隻蒼蠅飛過，就像一架轟轟作響的飛機。在教堂另一頭的女孩子那邊，寶琳，焦慮地，三不五時偷看著西蒙。

她可以放下心來：他去告解時，是絕對不會承認什麼的。不管是他們在倉庫裡偷玩的遊戲，或在茉內特家洗澡一事，反正她不知道，他父親也不知道，還好，這天早上，他似乎天快亮才從隔壁村莊的夜間守靈回來，這次守靈是在阿黛爾媽媽家的咖啡兼木炭店結束的，小蒂，你知道就是那個女同行嗎，做……生意的。是啊，她知道，她當然知道，也不想再多聽，尤其當一個男人的嘴巴沈重地晃著，兩眼無神，滿口臭氣薰人時。這已經不是第一次西蒙撞見他母親嘮叨她的老兵在宿醉，而我在受罪。唉，我那美好的人生！

前一天晚上，媽媽一個人在結帳，忙著一算再算一張張的鈔票，帶著天使般的笑容擦著將會放在樓上的鐵製大浴缸，所以她沒有聽到西蒙進門的聲音。他穿過地窖，踮腳爬上樓梯。半話不說，他拿起掃把，清理桌椅，洗淨杯盤，緩慢地拉下鐵窗，多麼乖巧，多可愛的男孩啊，然後趕緊上床加入他弟弟，留給他母親算不完的帳，蜂蜜般的笑容，和她睡夢中的浴缸。可憐的媽媽，一點也不知道這個天堂。

17

上帝啊，通往睡眠之路是如此地難以接近。上床時本來以爲丟出白天連勝的骰子，睡意就可以得來全不費功夫，結果是一輪再輪。在暗夜裡出軌的遐思，一隻狂吠於邊際的狗，還有睡在他旁邊的小豬仔的鼾聲大作。糟透了。再丟一次，要加把勁。

上床以後，西蒙就沒闔過眼睛。這已經是暗夜中第三次把茱內特柔軟的軀體丟在面前，第三次引擎發動，夢想的機器開始運轉，然後可憐兮兮地熄火。

再試一次。(她輕啓上彩的雙唇　這發光流動的鮮紅　她那雙好快好快地說著的眼睛正如海報上　她說來呀過來呀別害羞　不對才不是這個我再來一次)

西蒙在翻轉，弟弟在呻吟 (她輕輕地解開她的上衣　珍珠鈕釦一個接著一個　花瓣般釋放她金黃色的胸部　又大又重佈滿斑點像每個酷熱的夏天及豐收糧倉嫩牧草及稻草

寶琳　不是寶琳不是她　我再來一次）

又翻了個身。（她說　摸呀　但是　摸呀　所以　大傻瓜　摸呀然後她拿起我的唉那碗裡豐滿微溫的奶媽媽乳房我的手我再也感覺不到我的手　不　不是這個　不要起泡的牛奶　洗澡怕怕　她　不　得再來一次）

西蒙抓抓鼻子，因爲弟弟睡覺時把氣呼到他臉上。（就在林木路徑那裡我跌了一跤她扶我起來　我的膝蓋上滲出一點血　我的襯衫撕裂了　肩膀劃傷了　她說跟我來別怕我來照顧你修補你的　她抓住我的手她的氣味她的香水讓我昏頭轉向

在她家到處是地毯枕頭音樂　好熱　她說　脫下你的襯衫她彎下身來拿著那瓶藍汞藥水　不是藍的　是紅的帶有略開的花邊就像她的襯衫　她的胸部晃動著　啊　多麼巨大赤裸有彈性　我　但是她笑著一邊把手伸向我的　我好熱　越來越熱　我顫抖著　當她　唉　我的天　好了我要　不不要在床上不可以太遲了　呀　這　這　我）

一道灼熱的閃電，一股熱流射出，一陣急促的精髓齊發，這是黑暗中的一線光明，短暫如一刀劃過，如貨架上一顆飛來的蘋果，在陷阱，寒冷，罪惡感，上帝之眼前，最

後一次的驚跳。西蒙本能地往後縮，以避開散滿床單上上下下的遺漬。他的腹部黏搭搭的。偏不巧這時弟弟吱嘎作響地轉身。把他推開。然後床漸漸地沈入地底，沈入星空，西蒙看著西蒙消失在眼前，突然一陣睡意來襲。茉內特消失了。

18

柔和的光波，穿過漂浮在窗上的輕薄簾幔，一張天鵝絨椅，光澤閃閃的小桌子，一疊彩色雜誌堆在旁邊的凳子上，一把鋒利的剪刀，裁剪用的襯衫底圖，一本排版用的大筆記簿，一罐白膠，黏稠而味道重，像雪糕棒的一把小刮刀，如果說天堂像某種東西，那可非此莫屬。我知道浴室已經很接近天堂，但它已是過去式，而天堂總是一個我們沒有料到的現在。唯一的勸告：不要摸唱機，茉內特小心翼翼地放唱片，輕輕地轉上盤，現在只等著聽就好了。多麼愜意。唉呀，我差點忘了：要預先告知她不速之客的來訪，並在樓梯間叫喊。就像松鴉，你知道嗎，就是那總是駐足在林際的鳥兒，牠會告知其他人闖入者的到來。你將是我的松鴉，好嗎？

觀察站的位置太好了，支配左邊的花園和右邊唯一的一條車行路，這條寬廣的路是一條勞碌命者的灰塵碎石泥土路。

西蒙可以安心地盡情享受，在雜誌上剪他想剪的東西，不管是汽車雜誌還是電影期刊，只要他不亂丟在地上就好了。他腳邊有一個垃圾桶可以丟不要的紙屑。在家裡，只有媽媽收藏成堆的雜誌我們兩個，因爲她老是忘記那個在訂婚前背叛孤女的大帥哥的名字，或那個爲遺產問題而欺騙世人的大嘴媒婆的名字；連續劇結束後，這堆雜誌還不是被丟到頂樓，除此之外，就只剩下爸爸沒有圖片的洛林共和主義者，和幾張用來點爐裡火柴的廣告紙。

茉內特坐在客廳裡的一張安樂椅上等醫生。從西蒙所在的角落，他不用起身或移動椅子，只要稍稍轉頭就可以窺視她。她拿了一本厚書，又馬上擱下，一本讓她開始興奮地翻著的雜誌，一邊把腿交叉又打開，一副等得不耐煩的樣子。在交腿和張腿間，絲襪輕輕地嘶嘶作響，好像她人已經跑去會面，一種既粗糙又悶濕的嘶嘶細聲。交叉又打開著雙腿，好像她已經在候診室，馬上就要輪到她了，而她卻突然很想上廁所，因爲在隔牆後，有人剛把水龍頭的水打開，她實在別無選擇，誰先離開，位置就會被人佔去，門快開了，她把雜誌放回桌上，交叉又打開她的腿，一邊拉拉她的裙子。潮溼尼龍的嘶嘶細聲，或絲在燒的聲音。

交叉又打開她的腿，回到她在客廳的位子後，她重新拿起雜誌，然後又是絲襪嘶嘶細聲，如同天雨時的一條路般讓西蒙豎耳傾聽，讓他對女人大腿之間想入非非，正如在家裡的客廳桌子下，西蒙偷窺吉賽爾內褲的那天一樣。爸爸朋友的這個新未婚妻是一個機伶雄壯的女人——一個生活腐化的女人，媽媽在私底下會這麼斬釘截鐵地說——通常衣著很涼快，還穿著絲襪和至少十二公分高的高跟鞋。他當時只有十歲，在桌子底下，和他的玩具兵醫務人員，在韓戰的砲火聲下，打得四處逃竄，死者太多，太多了。撞上其中的一隻高跟鞋時，西蒙看到絲襪上的條紋，如同可攀爬的樹藤。吉賽爾此時兩腿叉開，露出粉紅色帶花邊的內褲。儘管他來不及細看個清楚，但所產生的效果，已足以讓他留下記憶，並且自問是否所有的女人都穿粉紅色帶花邊的內褲。儘管不能看個痛快，因爲她馬上就移動去抓西蒙呵氣搔癢她的地方，絲襪這時嘶嘶輕響，就像汽車的輪胎，晚上在濕淋淋的路上，讓他突然口水橫流，但是西蒙怕她彎身拉起桌巾，讓她的鳥聲驚叫出來，唉呀，小壞蛋！所以趕緊移師另闢戰場。

茉內特突然站了起來，留下西蒙滿口呑嚥不下的口水，而他母親的肥腿這時卻出現在他的眼前，那雙靜脈曲張的腿，夏天時總是光溜溜的，除了星期天做禮拜時，或重要的日子，像：入教，結婚，喪葬，國慶大舞會時，才穿絲襪，因爲實在是太貴了，又容易脫線，特別是尼龍襪。而且還非得修補不可。我又看到她帶著她的針線包，鼻頭掛著眼鏡，在東補西補，我還記得她是如何地罵聲連連，當我試圖把手插入長滿苔綠的針線包裡時。夏天穿絲襪，我才不幹呢，而且然後呢，是不是也該化妝成像郵局日曆女郎，廣告娃娃，看起來像吉賽爾那樣？

茉內特又坐了下來，兩腿運動又重新開始。焦躁地，她不停地看著她的錶，檢查她的髮型，珍珠項鍊，和紅顏色的指甲。想到這一切是和醫生有關，讓西蒙忍不住一笑。如果她是爲了他而盛裝打扮，那她恐怕要大失所望了。在這附近唯一的一個醫師，是一隻胖老頭，帶著小鬍子，臉頰下垂，藍色的粉刺，酒鬼的鼻子，和老是遲到的一隻掛錶。在我們的客廳，一瓶黃香李酒和小杯子在桌上耐心等著，就在這片綠洲旁，那臃腫的老頭不可避免地會停在這裡，癱倒在椅子上，就爬不起來了。媽媽只是梳了下頭髮，取下圍了一整天的圍裙，當她不需要出門時。但是絲襪，口紅，項鍊，指甲，所爲何來？西蒙想著，如果不是那個我所認識的醫生，那我爲什麼還要躲起來？眞讓人一頭霧水。

目前，小心爲妙：還是專心看我的汽車雜誌。在耳裡的嘶嘶聲漸漸減爲呢喃聲，雨聲所湮滅的汽車，和入睡的樹。西蒙假裝只對運動畫刊有興趣，心不在焉地翻著，但是很快地，他就被圖像吸引，而忘了其他所有。抓住一把剪刀，舌頭從嘴裡伸出來，大膽地下手，靈巧地割畫出賣力的珍·羅比扭腰的輪廓。正要把圖像取出時，突然被一個想法打斷，他皺了皺眉頭，轉過頁數，透著光看。他眉開眼笑起來：還好，差點就要把另一面正要跨越終點線的史丹·歐克的頭砍下來。除了影像重疊的問題，像剛才差點把短跑選手的頭砍下，目前還有一個更重要的問題產生：是否要保留一部份的路段和腳踏車選手的影子，支持者伸出的手，頭穿過兩排帶刺鐵絲網、一臉驚慌的牛，背景的群山，車胎略微壓到的終點線，在什麼範圍及長度才能點出背景及現場氣氛。幾經猶豫之後，西蒙終於下定決心，但是又馬上後悔。從布藍克或包貝開始，他有時候會信誓旦旦要全部保留，更何況風景或馬路的瑣碎片斷，不是夾在腳踏車的輻條裡，就是在選手的手臂下，要把這些通通移開，還不是件容易的事。然而，有時候也會突然很想動手修剪，那麼就修剪，修剪，一直到剪壞的一刀讓辛苦半天的工作都吹了。要不要一個剪掉手的包貝？那隻手扶著車把，車把又掌控著車胎，決定了最後的勝利，及隨之而來的花束和盛裝的亞爾薩斯少女之吻，那個少女，頭髮紮著一大朵黑色的結，胸部彈跳出上衣。如果這不是一場大災難，又是什麼呢？

19

西蒙越想越覺得自己那天早上實在是走運。菸草王爲了韓戰老兵年會而出門，而這聚會通常是沒完沒了(喬治，最後一小杯再走吧)，這等於是給了他一個帥呆了的自由日，而他也懂得巧妙地和他媽媽談好整天的計畫。在極短的時間內，他匆匆拼湊出一個緊急計畫，捏造出一個有老師陪同的山丘散步，一個他自己所謂的放假前晚早就決定的約會，心不在焉的他差點就忘記有這回事。剛編的謊言沒有出岔子，他母親當眞了。母親一邊幫他做一個超大的綜合野餐盒，火腿沙拉夾在兩層巨大的土司麵包裡，一邊叮嚀著要如何小心有禮貌等等，然後把他推出門外，加上兩個親吻。

但是爲了分散及擺脫可能的追隨者而繞了一大圈才到高惡腳下的西蒙，卻大失所望：茉內特的窗扇都關起來了。他還是爬到房子那裡，一副不死心非得折磨自己到底不可（看來說謊只會讓他走霉運）。他開始像受難的靈魂般在房子四周閒逛，然後無計可施之下，去推大門，奇蹟的是，門一下就開了。但是在廚房裡，他再度大失所望：仍然是不見人影。陰影和寧靜。有一刻他甚至認為所有人都棄他而去，然後是鞋跟的聲音，他才未戰先敗、充滿害怕地一聲聲喊著茉內特？茉內特？

立刻，客廳甦醒過來，一陣合上百葉窗的窸窣聲，然後一聲木鈴般可怕的，粗糙的——是誰呀？

——是我，茉內特，是西蒙。我……

話還沒說完，她就已經出現在眼前，沒有仙女棒的仙女，伸展雙臂像展翅般，而她逆光下的裙子讓她若隱若現，她的每條曲線如同透過月蝕顯出光暈，髮絲如同火棘。西蒙楞在那裡。

——嘿，你幹嘛這樣看我？

——您實在是美斃了。

——你這麼認為？聽你這麼說真好。可是，我卻糟透了。你看，我等醫生等得都睡著了。天氣熱的要死。進來吧，看我對你多好。

我那天晚上還沒有注意到在大廳旁的這個小客廳。一道陽光在桌上，小圓桌及雜誌上丟下一枚閃閃發光的金幣。茱內特走進來，穿過光線，當光停在她身上灰色的雙腳時，她也被這道光所輕撫著。一陣快感穿透西蒙的背脊。然後窗葉被打開，光明重見，天堂再度降臨。

——這是我的小客廳，都讓你玩，她愉快地說著，一隻手伸入西蒙的頭髮。當醫生檢查我的時候，如果有人來，你很遠就可以看到他，你只要在樓梯叫我一聲，讓我知道就好了。好不好？

——好。

在額頭上快速一吻，一轉身，她的裙子也跟著旋轉起來，把她的香味四散在小客廳裡。

——你好可愛。

話語和絲襪的嘶嘶聲，柔和的香味，一時之間都混在西蒙的四周，讓他不知所措。

當她重新坐在客廳的一張扶手椅上時，他恢復足夠的自信去問：

——我可以剪那些雜誌嗎？

——你想吃下去都可以，她說，聲音消失在窸窣聲中。

我的沈默大概像是一個大問號，因爲她很快地回過頭來。我站在那裡，一隻手放在天鵝絨的椅背上。我大概是一臉拙相。

——我開玩笑的。有剪刀，膠水，筆記簿，隨你高興都可以，我的小寶貝。但是趕快坐下來，尤其是，不要露臉，醫生快來了。

她像是同謀地向我使一個眼色，我也試著回她一眼，像男人般地，或說幾乎是，因爲我很難一次只眨一眼，

在回到現實，著手工作之前。

打開眼睛，剪下來，容易的很。

20

醫生白色的史塔貝克車在門前停留很久，車身在陽光下閃閃發光。西蒙看到他來的時候，整個人彈起來，一邊喊著：茱內特，茱內特，有一台白色的車子停在……但是她並沒有如西蒙所盼望般地趕到小客廳來，她只是關上門，用喜悅，輕鬆，薄紗般罩人的聲音說：安靜點，醫生來了，但是又改變主意，把頭探出窗口：

——……是一台史塔貝克。

皓齒潔白地一笑，「砰」一聲門響。她贏了一分。的確我對車子的廠牌不感興趣。對我來說，只有我們家那台四馬力的破車，和用車子這個詞，足以將我家破車和其他車區別開來，就夠了，相反之，佛瑞迪則是頗通此道，當鼻涕王做收成期苦工而不能陪他時，他可以花一整個下午，坐在沿著大路的橋欄杆上，記下車子的廠牌，當 Delahaye 或 Hotchkiss 或福特 Vedette 經過時，拍手鼓掌，如果是他不喜歡的福斯車或 Simca 8 或 Delage，則大吹口哨，如果是老式雪鐵龍車，佛瑞迪聲音手勢齊發，像支無形的衝鋒槍般地掃射，聽說，在佔領時期，一台類似的雪鐵龍車造成他父親的心跳停止。

廚房裡高跟鞋喀喀作響，一個低沈、陌生的聲音，夾雜著茉內特的竊竊私語，從上一針從下一針，一點一點地編織成老鼠的叫聲和笑聲，糾葛纏繞在樓梯上。好奇怪的醫生。西蒙一點也不喜歡。一點也不。

茉內特和醫生一上樓梯，西蒙則衝向電影雜誌，專心在剪貼上，他的雙手發燙，心跳快速，兩眼像彈珠一樣四散滾動，西蒙只聽到他自己的呼吸聲。剪刀在身著黑襪、立在苦澀稻穗裡的席曼娜・曼加諾（Silvana Mangano，女演員，曾演過《魂斷威尼斯》）前蓄勢待發，他不記得曾經如此瘋狂過。濕潤微顫的手，因覬覦又害怕而汗水淋漓，剪刀刀口逼近驕傲的胸口。稻田呢，不是問題：和小船、馬臀一起丟到垃圾桶。但是尖聳的胸部，可不能開玩笑，一刀偏了，就完蛋了。特別是不要恐慌，我的老西蒙，畢竟不是要你喝海水，一點鎮靜，一點技巧，不就事竟功成。他吹吹手指，伸伸舌頭。好了，太好了。又救出了一個。現在，要在他們下樓前趕快把席曼娜貼上筆記簿，今晚把它帶走，奉為至寶般地緊貼在他的襯衫下，然後神不知鬼不覺地藏入他在床下的書包裡。尤其不要忘記用優美的印刷體寫上她的名字，下面，用他最細緻的字跡，加上這個長久長久以來，如同神咒般讓他強烈震撼的生字：三圍，然後是密碼92—72—98。或許是她的電話號碼，或汽車牌照號碼。他會偷偷地試探寶琳。在這之前，先用吸水紙擦擦。用前臂壓平。再闔上。下一個。

西蒙興奮地翻著頁數，停一分鐘，若有所思，回神過來，皺起前額，再繼續翻下去。眞難做選擇，時間這麼少，這麼少。算算時間，樓上的看診也該結束了。或許他們正繞著黃香李討論著，就像在家裡一樣。但是這個醫生，和他漂亮的美國車，一點都不像我們的胖老頭。

所以，不能再蹉跎了，但是，從哪，從誰開始呢？穿著羅拉蒙蒂斯服飾的瑪汀．卡蘿（Martine Carol，電影《羅拉．蒙蒂斯》女主角），穿著束腰的蘇致．笛拉（Suzy Delair，電影《犯罪河岸》演員），連身褲的艾蕾堤（Arletty，電影《破曉》，《天堂的小孩》演員），或豐胸蕩漾的珍・曼斯菲（Jayne Mansfield，知名的性感女演員），那對大肆招搖的胸部，大概要兩頁筆記簿才裝得下？應該說他的頭開始有點暈眩。他想尿尿，抬眼一望，發現史塔貝克已經走了。

21

像個壞蛋般被趕出去。西蒙還驚魂未定，冷靜不下來。太過份了。對他剛才經歷過的那一幕，說他憤怒還不如說是震驚，之後，他坐在斜坡上，一把一把地拔著草。現在回家還太早，但要說所謂的散步在最後一刻時取消掉，又太晚了。趕快想想辦法，我的好傢伙，隨便找個說的過去的藉口，菸草王可不是那麼好騙的，就像他無時不刻一再重複的，對我少來這套。

太陽已經爬到楊柳上休息，就在教堂那邊，而西蒙，不自主地伸手想去抓它，好像在抓一顆橘子，他也突然變成那個小男孩，天眞浪漫到可以讓他父母親一起放聲大笑。

幾年前，弟弟尼可還沒出生前，我父母和我正從一段悠閒的散步中回來，而我，在他們中間，像個國王，我也同樣做出這想抓太陽的手勢，他們緊緊地靠在一起笑，我也天眞地一起笑，什麼都不懂，只是很快樂很快樂，因爲這時一切對我都還是有可能的：坐上雲彩的車隊，把大海埋在沙裡，讓死於戰場的玩具兵復活，一閉眼就可以使爸媽瞬間消逝，一開眼，又可以使他們復活。

但是，我的小可憐，你眞的這麼以爲？這小小的天堂，優美，雅致，享樂，你以爲這些都是你的，就像手指間的太陽？你好天眞，當你開始要去品嚐這些的時候，你還很訝異爲什麼沒有人告訴你一聲就把菜盤拿走，結束了，門在那裡。出去。

你還什麼都沒看到。

西蒙就是無法瞭解發生了什麼事讓茱內特反應如此地劇烈。她在生什麼氣？他到底幹了什麼蠢事讓她這樣對他？爲什麼，爲什麼，爲什麼？我如她所願地把風，除了松鴉、松鴉還是松鴉，我在崗位上動也沒動，也沒有讓醫生瞧見我，不發聲響地，唱機也沒碰，更沒有去翻抽屜，弄髒地毯，弄翻書架，眞的是什麼也沒有做，只是想尿尿，我打開樓梯間的門，要問廁所在哪裡，話還沒說完。噗通，一頭冷水。

她用傲慢的語調叫囂著，像隻野狗般的氣惱，從樓上，她的床，或浴室叫著，給我滾開，別煩我，回你媽那裡，走開，走開，好討厭。我要休息。拜託老天，給我一點清靜！

西蒙摸著空腹。手放在門把上，不曉得應該要把門關上或讓它開著，他呆在那裡，遲鈍的，難以置信的，聆聽著這夢如牆般輕輕地癱塌在他身上，淚水跟著水漲船高。她還是繼續叫著走開，走開，好像他還在那裡，而他早就連滾帶爬地逃走了。

當他到了外面斜坡上的時候，才想起筆記簿還留在桌上，在攤開如吉賽爾大腿的雜誌中間，她那腿間的白色瑪麗蓮夢露內褲，似乎稍微集中心思，就幾乎可以把它扯下來。如果往回走的念頭曾經閃現，他趕緊揮去︰世界突然在他後方，如同一個燃燒的城市。

他一躍衝向斜坡。我再也無法確定他是在哭還是狂叫。在丘陵下，他最後一次轉身，舉起手，讓屋子滑入食指和中指之間，然後握緊，握緊，一直到手發痛。

在他將手如彎月刀般闢開的高聳禾本科植物後面，有一個連白鴨蹤影也不見的水塘。但是巨大血紅的太陽卻向他張開雙臂。

22

——你到底去哪兒了，還晚什麼安？我擔心的要死。如果你弟弟沒有發燒，我可能早就去找你學校老師了。（那爲什麼不打電話來？像這樣的家……）看看你自己，怎麼會弄成這樣！這是你的鞋子？根本是兩袋爛泥。虧我上禮拜才在約瑟老頭那裡幫你換鞋底的。你從來都不會替別人想，西蒙，你以爲我們是滾在錢堆裡，隨便撈撈就有錢？還好你父親還沒回來，看看你呀，眞的是，還沒看你這麼誇張過……

——可是，媽，我……

——沒什麼好可是的。其他人也這副德行？

——媽，我沒有……

——閉嘴，要不然就給你一巴掌。瑪麗斯的臉色大概更難看，要是她那調皮的佛瑞迪像你一樣渾身是泥的回去，我從這裡就聽得到她，看她講到她先生時，那副自以爲了不起的樣子，她可憐的先生，這時，在陰間大概也會不得安寧。好了，脫下衣服去睡覺，不要吵醒你弟弟，我已經夠操心的了。還不快去，別拖拖拉拉，明天再說清楚。

她一個人留在那裡收拾西蒙的衣服，把褲子放在靠近火爐的一張椅子上。至於那雙鞋子，不管她用戴的花花綠綠的手指再怎麼翻來轉去，還是濕答答，髒兮兮的，無藥可救。她的一生突然也變得泥濘，可憐兮兮，令人沮喪地空洞。她覺得一切都棄她而去，她坐了下來，或者說倒塌了下來，好像被一種巨大的疲憊所壓垮。她沒有丟下像她的生命般沈重的鞋子，反而開始對它們說話，邊嘆息邊搖她的頭。神聖的小孩。這些小天使，未來的聖人！光聽牧師先生說，我們還以爲他在講牛軋糖。他重複著要越多越好，這是爲了榮耀上帝。每年生一個，或幾乎是每年。爲什麼不一次來十個，一次就通通解決？那些不事生產的人，罪惡是一件接著一件的犯，而且每兩三天就再犯。啊，如果我聽喬治的話，可能變成每天兩次，他這個可怕的傢伙，永遠不夠，而事後，則可憐了瑪蒂得：只好去懺悔，我得念個三打天主頌兩打聖母頌越快越好。他呀，他才不在乎，如他所說的，人生以享樂爲目的，何必自尋苦惱。說來說去，還是我必須在黑暗中算著日子，否則就得要徹底清洗一番，擔心害怕過日子一直到下次經血來潮。耶穌，瑪麗，約瑟夫，就讓這次千萬不要中獎。抽出，抽出，眞是爽透了，他大叫著。牧師，他有抽出來嗎，跟他的下女？不要口出穢言，喬治，人家的閒言閒語，你不用在那裡點蠟燭插一腳。好，算他走運，因爲，小蒂，你知道我會怎麼解決牧師的蠟燭？我會把它插在……喬治，喬治，還是吻我吧，至少這不是罪惡。該死，西蒙的鞋子，我永遠也沒辦法恢復原樣。我懷疑他到底捅了什麼天大的漏子才變成這樣。唉，男人呀，上帝在創造他們的時候，一定是算錯了。一個小女孩，可不會是這樣，總是乾乾淨淨地像一枚新硬幣，不會去爬樹，乖乖待在廚房，耳聰目明，好學生，會問，媽媽，做布丁蛋糕要多少糖？我們不用一個人全做。但是，像寶琳那樣的女孩，那就算了，那眞是一點都不妙。光聽她母親說，還眞不像女孩子，老是和他們亂跑。我應該要告訴西蒙，不要跟她來往。

她把刀子擱在桌上，還有剛用來清除鞋子汚泥的報紙，把鞋子在燈下翻來覆去。好了，總算比較像樣了。在窗台上晾一個晚上，明天，刷一刷，就跟新的一樣。

布穀鳥掛鐘鳴十點了。但是，喬治到底在搞什麼？我已經等的不耐煩了。明天，誰先起床點火，準備咖啡，擦老爺的鞋子？當然是瑪蒂得。瑪蒂得最適合這事了，作她老爺腳底下的女僕，爲取悅他而裝扮，隨時侍君以待。這些男人，一個比一個糟。剛開始，血氣方剛之時，還滿口承諾，但後來，需要有人擔待時，卻不見一個人影，根本一點屁用也沒有。像我的浴缸，要我等他來弄，恐怕是遙遙無期。老兵？根本就是一群酒鬼，可以擺脫大娘去玩弄女色的話，哪一個不是高興都來不及了，向女侍拋媚眼啦，經過時輕拍她的屁股啦，盯著她的胸部看啦。唉呀，喬治，不用跟我來這套，一會兒小蒂，一會兒又是小親親，我又不是昨天才認識你，少來了，我有自知之明。一旦跨過門檻，結婚戒指收入口袋，就開始花天酒地去。你以爲我還被蒙在鼓裡。你錯了，有小孩算你走狗運。沒有這點，早就給你顏色瞧。咦，說到曹操……

她不急不徐地走向電話，她還會不知道誰在這時候會打電話來，以及爲什麼。就讓他去痛苦一下，他活該。

——喂，是我，當然是我，要不然你以爲是誰？那個……對呀，就是嘛。當然，對呀，不用說都知道，我當然瞭解，還用說……玩得愉快。明天見。

23

當門鈴響的時候，滿頭髮捲，在桌上彎腰駝背的瑪蒂得正在燙衣服。她低聲抱怨著。到底是誰發明了這些襯衫的衣領？要是衣服能少替換些就好了，但是，偏偏老爺卻要像一隻在牛糞上的公雞一樣地炫耀自己，這幫酒鬼。他說他是老闆，我要人家一眼就知道我是誰，並且尊重我。這時，他還在醒酒，在那天晚上天知道在哪裡花天酒地了之後。當天早上八點才回家，因為，如他昨天晚上在電話中顛三倒四地向她解釋，他覺得最好早上再上路，你知道，小蒂，就是神清氣爽的時候。鬼扯蛋！害她一個晚上沒闔上眼，這天早上脾氣壞的很。

西蒙則是一副乖巧的樣子。他坐在沙發上，給他弟弟唸不曉得重複了N遍的糖果屋故事。他的耐性，經過百般煎熬之後，終於開始嚴重受損，這小子一直要他做超出內文的解釋，一而再、再而三地要求他解釋新的細節，爲什麼這樣而不是那樣，女巫到底在哪裡等等，他眞的是快發火了。

噼哩啪啦，西蒙二話不說，縱身一跳，把書往地上一丟，跑到樓梯間，暗自慶幸終於擺脫苦役，而他被拋棄的弟弟，則尖聲吼叫：媽，他害我「早」不到在哪裡，媽，他害我「早」不到頁數……

她。豔妝豐滿地出現在眼前，一身紅色白點曲線玲瓏的細紋布裙子，腰間繫著黑織布寬腰帶，兩腿灰色帶縫的絲襪，踩著高跟鞋。從後面看，挺著的胸，高翹的臀。西蒙，在窗口，目瞪口呆。覺得只能用眼睛呼吸，以致眼皮疼痛。她應該馬上就感覺到有兩隻眼睛盯著她看，因爲她這時已經轉身過來，故作驚奇，鮮紅的嘴嘟起來做出撒嬌的樣子，一副沙啞溫柔的嗓音，超假正經。

——唉呀，西蒙，今天是你來幫我嗎？你一個人嗎？

這樣的說法，用這樣的聲音，這樣的嘴巴，這樣的雙唇，實在讓人搞不清楚。西蒙以爲是：今天是你來抱我嗎，只有我們兩個。一陣心跳，血液亂竄，雙手失控。老天，讓媽媽留在樓上吧，去安慰弟弟，去絞她的髮捲，讓菸草王有莫名的預感，碰巧不回來，千萬別回家大聲嚷嚷，說的天花亂墜。

——（讓她趕快走吧，已經夠受的，我再也不想看到她，永遠也不想了。）

——幹嘛，舌頭不見了啊。擺這什麼臉！爲昨天的事生氣呀？原諒我，我的寶貝，但是，醫生走後，我突然覺得好累，你當然不知道。突然沒有力氣和精神。你懂嗎？

不，他不懂，也不想懂，她傷他太深了。然而，他內心有某種東西仍渴望著她。某種比她這個人更令他討厭的東西。是什麼東西，他不知道。他的腦袋裡說著不要，但是他的眼睛卻背叛他。她走近他，伸手要撫摸他的臉頰；他急急後退，手肘撞倒置物架的一角。一串罐頭接二連三的倒下，啪啦啪啦地發出巨大的聲響。媽媽在樓梯裡驚叫的聲音。四處亂竄的罐頭和罐頭亂竄的聲音。腹部緊貼著架子，兩臂大開，西蒙使盡全力保住旁邊受到波及而搖搖欲墜的整堆醃黃瓜瓶。母親的尖聲已經傳下來了。

——西蒙，西蒙，你就只會幹蠢事。才五分鐘不見人影，就捅出大禍。眞是笨手笨腳極了！

當她看見來客時，臉色立即轉變，一隻手撩起從髮捲落下的髮綹，嘴巴做出撒嬌的樣子：

——哎呀，對不起，太太，我沒看到您，這裡亂糟糟的。但是請您別操心，西蒙會收拾好的。他就這點事能做，總算是有點用處的事。

——是我的錯，這位太太說著，一邊把兩罐她撿起的豌豆蘿蔔罐頭放在櫃臺上，我實在是太不小心了，一定是我突然做了什麼動作。不能怪您的兒子。再說，他好可愛。眞的好可愛。我想我就拿這兩罐，及兩瓶醃黃瓜，麻煩您。還有煉乳，也拿兩罐，今天二是我的數字。再加上一個生菜，看起來不錯的，那邊那朵大的，好不好，還有一束蘿蔔。太好了，今年的蘿蔔都很粗大。我差點忘了酒。聽說你們的藏酒不錯。我拿一瓶 sancerre 和兩瓶 pauillac，你們最好的年份，應該是一九五三年的，如果還有的話……

女店主一下到地窖，茱內特彎身轉向一直跪在地上、慢慢撿起亂竄罐頭的西蒙。把她的手放在他罐頭上的手，抓住他的手，明亮張大的眼睛，對他笑，然後把一根手指放在男孩的嘴上，別開口。這時，她在他面前蹲下，一個遽然的手勢把裙子掀起，兩腿張地開開的。老天！

24

四肢有力、精力充沛的西蒙爬著高惡，前面的茉內特在雲彩裡起舞，裙子隨著步伐的節奏擺動著，兩旁的路徑，盡是她所撒出的白斑點點。他亦如乘雙翼而飛，雖然購物袋讓他手指發痛。前晚的不平和恥辱，痛苦，憤怒和淚水：煙消雲散。只要她來並且打開雙腿，一切就像魔法般消失無蹤。老天，眞是令人痛心地再次看到這男孩太快長大成人，把這俗婦當成至尊般地跟隨著，雙眼盯著她緊繃小腿的絲襪縫線；再次看見他是多麼熱情地衝上天空，多麼無辜；在嫌緊的短褲裡的肉體，升向她一刻鐘前在兩膝之間所打開的聖體櫃。或許他將展翅起飛。但是，他卻跌倒了，可憐兮兮地倒在地上，而轉過身來的太太，只是像個好萊塢明星般地掀起額頭上的太陽眼鏡，皺起眉頭，那個樣子讓西蒙在她喊出聲之前，趕緊說，沒事，沒事，茉內特，您看，瓶子還好好的。

——你受傷了嗎？

手和膝蓋略微擦傷，沒什麼，實在沒什麼。只要她笑，又開始走，裙子再度搖擺及掀起，只要她能飛，露出她的腿，以及這無以名狀、讓他顫抖的、兩眼飄飄然的幸福。

聖心，寶琳說，我的聖心，而當他拒絕秀他的傢伙給她看，她就叫著：那我再也不讓你看我的撲滿了！

肚子，在一個他們獨處的夜晚，他母親把他抱在膝蓋上，用肚子來解釋他那個年齡應該要知道的事，她一邊說一邊搜尋著用字，這些事他應該知道，即使她略嫌有點過早，但看他一直在問，同時也不願他從他那群壞朋友那裡亂學一通，何況這事不該一笑置之，這是上帝賜給女人延續後代的一件多麼優美莊嚴之事，而且，

——延續後代是什麼意思？

——不要打斷我，該死的，已經夠難解釋了，我剛才說……你看，你一問，害我斷了思緒。至少先讓我回答完。總之，這是一件上帝賦予女人使世界能完成其意志的神聖

之事……你到底有沒有在聽我說？別在那裡動來動去的，不然，我就不說了。

——媽，我的腳不曉得被什麼東西刺到。

一個安全別針在她的圍裙裡迸開了。她拿出別針，放在桌上，西蒙重新坐在她的膝蓋上。

——好了，你來背一段獻給瑪麗亞，這還容易些。你還記得嗎？

背到一半時，她把手放在他嘴上，要他停下。

——聽好，我再說一遍：你們肚子裡的果實是受到祝福的。你瞭不瞭解？小傻瓜，肚子，嬰兒就在那裡。果實，就是嬰兒。

她指著圍裙上她的肚子所在之處，就在胸部下面。但這並不是他所想的地方，而是比較下面的地方，像寶琳的撲滿。

——那他們是怎麼生出來的？

——是醫生或助產士……你知道，那個安東尼修女，記得嗎，那時候他們說我跌倒在樓梯上，而你大吵大叫著，因爲你想要來看我，來給我親親，照顧你的昂里埃特阿姨不讓你來，你爲了這件事還一直怪她。我知道，她從來都沒有被溫柔對待過，但你能怎麼樣？特別是當不能有小孩，像她這樣，雖然她已經看過專家了，甚至還偷偷跑到梅茲去看一個江湖術士，聽說是一個算命的，給她說的天花亂墜，當然是花了不少冤枉錢。她還到倫敦去朝聖，到 Forges-les-Eaux，Aix-les-Bains，Spa 那些溫泉勝地去作治療。可憐的女人，還不是那樣一點都沒變，除了她的個性以外。如人們所說的，人生就是這麼一回事。這是命。好了……

——那嬰兒到底是怎麼生出來的？

——就像我跟你說的，當我們越來越痛，醫生或助產士會來幫忙把嬰兒拉出肚子，然後洗嬰兒，把他包裹起來，這就是你弟弟。

——好，但是是從哪裡呢？

——什麼從哪裡？當然是從肚子。今天講到這裡就好了，其他的，問你父親好了。好像有燒焦味，希望不是我的烤……

西蒙陷入一陣長思。肚子，好難聽，好像鉗子，奶子，馬子。撲滿，至少還比較好聽。至於聖心，可以聞到一鼻子的聖水味，但是也比較危險，因爲如果讓牧師先生知道，他一定會大罵褻瀆，不管怎麼說，有佛瑞迪在的時候也沒辦法用這個字，我在這裡就聽得到他那躲也躲不開的反駁：聖個頭，蠢蛋。總之，西蒙一點進展也沒有。這三個說來毫無共通之處的說法無法替他解釋什麼，倒不是有關小孩從哪裡來，還是如何製造出小孩（這點他倒是模模糊糊的知道一點，佛瑞迪曾經巧妙地用他的手勢來概述：把右手的一個手指頭伸入左手手指圍成的圈圈裡）這些問題，而是像那些沒有腳後跟的短筒襪到底是做什麼用的，還有那些他每隔一段時間就可以看到在乾淨的床單後面，掛在曬衣架上，奇怪的浴用毛巾手套，總是帶點紅色，既窄小又沒有開口，等等問題。這對他完全是神秘不可知的。然而西蒙有預感，這兩個東西似乎是相關連的。從哪可知呢？當然不是從他父親那裡，他父親對他所提的任何問題，只會草率地打發他，老是一句，兒子，如果有人問你這個問題，你就說你什麼都不知道。總之，西蒙告訴自己，如果他想在這方面變得很行，還有得努力呢。

25

他母親一點也不猶豫地就讓他陪茱內特回去，已經夠讓西蒙百思不解了；還同意他留在茱內特家吃晚餐，更是奇蹟一樁。似乎可以說她義無反顧地要裝瘋賣傻到底，不去正視這個時髦、雖親切卻揮金如土的客人，這個被酒吧常客譏笑的女人，只會讓人腦海裡想到她那愚蠢的丈夫；或者說正好相反，母親完全是耳聰目明，只不過是預先竊喜於她將對花天酒地者所耍的一招，誰叫這個星期六夜晚縱欲狂歡的老兵，就是要把她當作笨蛋，讓她內心更急於要爲漫長的等待之夜報一箭之仇，尤其是一想到在這些漫漫長夜裡，那凍僵的身體，不安的靈魂，在寒冷的大床上，硬化、老化。

總之，可以確定的是，當西蒙還在追著在桌子下、椅子上，這裡那裡到處滾動的罐頭時，她們是一起突然地像女學生發酒瘋般地爆笑出來，而這笑聲，西蒙差點嚇壞了。

看著母親和茉內特在一個如此快活的顫音上一起起飛，就像在車庫後他們約會的那棵樹上的寶琳，用松果伏擊他時，她樂不可支的模樣，一樣是讓他驚訝地說不出口。很像是他母親突然在公衆面前掀起她的裙子，堅決果斷地亮出她的臀部。可以說，在被傷害之前，他曾是如此不當卻又是如此清純地被此所感動。他滿腹疑惑地盯著這一幕，好像他正在做夢，或第一次看見他母親，好像她突然變成另外一個人，一個年輕貌美的女孩，在早晨藍色的燈光下，令人慾望蠢動。那魅力持續了兩三秒，就在眨眼之間，然後影像消失掉，他母親又變回家庭擺飾那無形無色無味的部分：母親。爲了趕快轉身掩藏這突然的變形所引起的不安、惱怒、慌亂，西蒙試圖在充滿陽光的櫥窗上找尋讓他回復中立面孔的東西，但是只找到佈滿油跡、指紋及抹布髒水的一片光亮，還有向他擺出一臉厭惡鬼臉的乾涸的蒼蠅屎屎。

一進門，茉內特卸下西蒙的重擔，把購物袋放在桌上，拿出酒，一瓶放入一個白色的、上漆的、只有一個大手把的家具裡（這就是有名的電冰箱），其他的則放在一角，就在大朵粉紅色花的簾布後面，然後拿起一張丟在椅子上的報紙搧起風來。

——我全身濕透了，她邊說邊搧著。這差事把我累壞了。你要不要洗個好澡，讓我們舒服一下？（又來了，但我覺得還可以，除了我的手掌和膝蓋在刺痛）。唉呀，我忘了，我的可憐蟲，你還在流血。坐在這裡，該有的我都有了。等一下。

她穿過客廳，順道把隨便的一張唱片放在唱機轉盤上，啓動機器，然後上樓去。馬上音樂出現，像一陣滂沱大雨淹沒一切：膝蓋的疼痛，客廳及她那長鬍子的護衛，浴室，正在爬樓梯的茱內特及縮下來的性器，回到這裡的驚訝，這女人奇怪的舉止，及母親令人難以理解的寬容。

像從衣領被一把抓住一樣，西蒙黏在唱機上。歌者的聲音粗糙而熱情，一、二，一、二兩拍，對聽慣了收音機大衆樂隊及戴草帽短髯的歌手軟綿綿曲風的小孩來說，這是一個全新的節奏。這種音樂隨著低沈的音調，刮喉頭聲，喜劇的驚呼聲而搖晃，就像朱羅兩瓶酒下肚後，緊抓著椅子找出口時，所發出的聲音。西蒙這時變成一隻巨大的耳朵，隨著唱機而轉，就像一朵剛找到陽光的花。

當寂靜如懸崖般突然回來時，西蒙覺得一下子變得赤裸裸的，爲這倒落在雙臂上、變得陌生的軀體而難堪不已。某種像大海落下般的東西向他席捲而來，然後把他丟到沙灘，如此孤伶伶的一個人，讓他突然覺得像是從另一個星球上跌到一個怪異而荒涼之地，軀體被這些凶神惡煞所包圍，這些帶著鬍鬚、領結、掛錶的陌生人似乎要衝出他們的框架，找他算帳。小伙子，你在這裡，在我們家，對著一首猴子音樂搖頭晃腦是在做什麼？他得趕快重新啓動機器才能把這些怪物趕走，但是他不曉得該怎麼做，只好開始重複最後的歌詞，像是在驅魔般，一邊揮舞著手勢

今晚我要開喉大唱
黑暗中牙醫的藍調

我要敞開喉嚨大唱……再來再來一遍，一邊找著四十五轉唱片的封面，戰戰兢兢地掀起每一張唱片。沒有用，該死，眞是該死。最後一個解決方法：踮起腳尖，用手指輕輕地轉動唱片槽，辨認中間標籤上的文字。亨利・薩爾瓦多（Henri Salvaldor），牙醫的

罩衫（Boris Vian/H.Salvador）。

薩爾瓦多，一定是拉丁歌手，潘帕斯草原的這個美洲，朱羅曾在那裡跳倫巴舞及探戈，像他所描述的，在小紅燈酒吧裡，一個後院塞滿被瘦巴巴的狗打翻一半的垃圾桶，然後和滿頭黑髮的傢伙玩著刀，這些人髮油擦的閃閃發亮，用他獨創的說法，衣著穿的像是科西嘉島的抬棺人，而他則是像皇家鴿子般一副神氣活現的獨特調調。每次，朱羅會添加一些細節，為了替訝異的聽衆增加可信度，他會毫不猶豫地掀起襯衫，展示下腹上那條可憐的、醜陋的、但其實也很普通的疤痕，像是一條老舊的盲腸炎疤痕，被滿口威士忌及龍舌蘭酒味的牙醫在燭火下縫合起來的。一如往常，這只會讓佛瑞迪無動於衷地聳聳肩。只是在吹牛罷了，他嘀咕著，怕朱羅反臂一掌下來。而這些酸葡萄並不能阻止西蒙想像朱羅和薩爾瓦多老爹夜晚閃電般的邂逅，在一家酒醉水手的酒店裡，有人在油膩膩的桌上或倒或臥，有人高舉啤酒杯唱得不亦樂乎，而臉紅肉鬆的老闆娘，嘴叼一根煙，絞爛的抹布大辣辣地打在一個帽子戴歪、眼睛充滿血絲的小黑鬼身上，誰叫他拿刀子出來尋釁。毫無疑問地，朱羅在那裡遇到薩爾瓦多，他們在一個清新的夜晚，臂挽著臂一起唱著牙醫的藍調。在他回到這裡，靠著還健在的手臂去騙那些老賭徒之前，曾

from vision 大塊文化 LOCUS to fiction

謝謝您購買這本書！

如果您願意，請您詳細填寫本卡各欄，寄回大塊文化（免附回郵）即可不定期收到大塊NEWS的最新出版資訊及優惠專案。

姓名：＿＿＿＿＿＿ 身分證字號：＿＿＿＿＿＿ 性別：□男 □女

出生日期：＿＿＿年＿＿＿月＿＿＿日 聯絡電話：＿＿＿＿＿＿

住址：＿＿＿＿＿＿＿＿＿＿＿＿＿＿＿＿

E-mail：＿＿＿＿＿＿＿＿＿＿＿＿＿＿＿＿

學歷：1.□高中及高中以下 2.□專科與大學 3.□研究所以上

職業：1.□學生 2.□資訊業 3.□工 4.□商 5.□服務業 6.□軍警公教 7.□自由業及專業 8.□其他

您所購買的書名：＿＿＿＿＿＿＿＿＿＿＿＿＿＿

從何處得知本書：1.□書店 2.□網路 3.□大塊NEWS 4.□報紙廣告5.□雜誌 6.□新聞報導 7.□他人推薦 8.□廣播節目 9.□其他

您以何種方式購書：1.逛書店購書 □連鎖書店 □一般書店 2.□網路購書 3.□郵局劃撥 4.□其他

您覺得本書的價格：1.□偏低 2.□合理 3.□偏高

您對本書的評價：(請填代號 1.非常滿意 2.滿意 3.普通 4.不滿意 5.非常不滿意)

書名＿＿＿ 內容＿＿＿ 封面設計＿＿＿ 版面編排＿＿＿ 紙張質感＿＿＿

讀完本書後您覺得：

1.□非常喜歡 2.□喜歡 3.□普通 4.□不喜歡 5.□非常不喜歡

對我們的建議：＿＿＿＿＿＿＿＿＿＿＿＿＿＿＿＿

＿＿＿＿＿＿＿＿＿＿＿＿＿＿＿＿＿＿＿＿＿＿

＿＿＿＿＿＿＿＿＿＿＿＿＿＿＿＿＿＿＿＿＿＿

1 0 5

台北市南京東路四段25號11樓

大塊文化出版股份有限公司 收

廣 告 回 信
台灣北區郵政管理局登記證
北台字第10227號

地址：　　市／縣　　鄉／鎮／市／區　　路／街　　段　　巷　　弄　　號　　樓

姓名：

（請寫郵遞區號）

經住過多到難以計數的荒誕之處，以致於對他而言，一切都是可能的。西蒙有機會會去問問他。

26

就算瑪麗蓮夢露本人，親自把她那甜美的雙唇送上來給我，也不會比這個早上，在這個重新成爲客廳的客廳裡出現的茉內特，更讓我震撼，看著豐滿豔麗的她赤腳挺立著，兩手把紅緞浴袍張得開開的裙擺固定在腰上，讓人對她兩腿間的秘密，一覽無遺。一團濃密炙熱的樹叢，胯下一顆痣。唉呀，可惜的是，才瞥見一眼就消失在落下的布幕之後，取而代之的是在西蒙面前責罵的聲音和深皺的眉頭：

——小壞蛋！在你這年紀，沒人教你兩眼要直視女士的眼睛嗎？

我什麼都忘了，滿臉乍然通紅，跪倒在這個豐滿的女人面前，兩手緊抓包圍著她的紅布，好像在抓著一個寶物，害怕著任何突然出現在此的陌生人隨時會搶走它，到今天我還在問自己，我那時怎麼會沒有想到她是故意的，她是在玩貓捉老鼠般地玩弄我，我那時怎麼會罪惡感那麼深，以致於道歉連連，結結巴巴，在她面前雙眼痛苦地扭曲著，而她，一副鄉下悲劇演員被冒犯的樣子。怎麼會這樣呢？

——去洗澡，她用一種粗暴的聲音說著，你臭死了。

受著越來越窘迫及矛盾的心情所苦，想逃走又想留下來，羞恥，慾望，好奇及憤怒，等著被整，又害怕她更生氣，西蒙像羔羊般低下頭，像個被處罰的小孩子般走過她面前，乖乖遵循著學校裡老師的規矩似的。茱內特又厚又熱的手抓住他的頸背，重壓在他的脖子上。她的東西，這下我成了她的東西，如果我不是像我父親所說的腦袋空空的話，我這時應該想到這點，但這對我是如此地美好，如此地新穎，我戰慄著，心神完全被攪亂。永別了西蒙，嗨！某某東西。小孩子乖乖服從，我真的快氣死了，氣炸了，到現在，看到粗糙的教育使小孩變得笨拙、膽怯、生理上早熟、卻有下流的好奇心，我都還會生氣。我在這裡就聽得到佛瑞迪這隻小狗的奸笑，如果他聽到這件事：西蒙，他女主人的乖乖狗，躺下！好像他是對的，好像我應該聽他的。我看著他們上樓，她抓著他，好像怕他反抗，怕他迅雷不及掩耳地從她指尖溜走。然而本能地，她就知道他是什麼料子做成的，什麼膽子做成的，肚子裡在搔什麼癢，搞什麼鬼，看他那樣子，旣好奇、又想要、又慌張，從她每個毛細孔所散發的麝香及汗水就讓他激動不已，三兩下就放鬆警戒，比他的印地安人弓還鬆懈，就像那天被藍天下的痲雀爭執所驚嚇，他因而失去他第一根戰士羽毛，連他的老狗拖比，失望透頂地從矮林中出來，對一個如此差勁的主人，也難掩嫌惡之情。可憐的傻瓜，醒一醒！轉轉頭！看呀！看呀！

手壓在他頸上的感覺突然把西蒙帶回現實，搖醒樓梯、麝香、火紅濃密的毛、那顆痣，大片乳暈的胸部。太遲了。

——把衣服脫下。

閃閃發亮的浴室就像一個五月清晨的斷頭台。她聲音是大砍刀。迷失的、失去重心的、可憐兮兮的、踉踉蹌蹌的西蒙，再也什麼都不知道，不知道他在哪裡，也不知道爲什麼，看著那像隻巨大鸚鵡的女人，火紅的唇，發亮的齒，女主人冷峻的眼神，一副自信滿滿，無動於衷的樣子。跟著焦慮及慾望一起從他內心升起來又壓下去的，是那被打敗的聲音，要求著，走吧，放開我，我只是個小孩，而您……

——快點，我還有其他事要做。水都快涼了。你剛才沒有這麼不好意思，不是嗎？

去吧，我又不會把你的寶貝吃掉。

自從他們進了蒸汽室，她把門關上以後，他們現在站在彼此面前，她紅色的裙子又重新打開，小寶貝又無恥地脹大，而紅通通的西蒙，再也不知道如何是好，要怎樣才能不讓她看到這一景。要逃也太遲了；想著母親、學校濕答答的牆都沒有用；他心不甘情不願地走向她，扭捏著，笨拙的，可笑的，和他昂揚的寶貝一樣紅。不能再這樣下去了。他突然轉身背向茱內特。小孩脫下衣服，進入浴池。

水雖然看起來藍得足以讓明信片上的湖也蒼白失色，但其實卻是滾燙的，太燙了，還燙到他的腳，根本不可能一下子坐下去，消失在池底。抓著浴缸的四周，西蒙扭曲著四肢，想逃開這壺滾水及穿浴袍的馴獸師那犀利的眼神。他覺得他的小尾巴是如此的巨大，以致於不管從任何方向都看得到它，而且如果不爆掉的話，可以大到塞滿整間浴室，而它味道是如此之強烈（佛瑞迪會糾正說是惡臭），如此之惡臭，茱內特或許會把他當成髒鬼一樣地趕走他，一面捏著鼻子，咒罵不絕，讓他永遠再也不能出現在她面前，甚至連側眼看都不行。所以，永別了天堂，還有那些運動畫刊上的圖片，永別了湯姆・米克斯（Tom Mix，美國西部片牛仔演員），杰・羅比克（Jean Robic，曾獲自行車環法賽冠軍）及席曼娜・曼加諾，永別了稻田和你們，無敵的山峰，Tourmalet（法國自行車賽行經的一站地名）及佛朗德勒平原的馬路，永別了嘶嘶作響的絲襪，用肉眼就可以脫掉的小內褲，永別了貓王及薩爾瓦多，我第一個搖滾歌手，牙醫的罩衫還有紅緞浴衣，永別了茱內特。

他們的眼神相交。別傻了，她說，你幾歲了？

即使全身伸直躺下去，也無法使潛望鏡消失於水面。幾海浬以外就可以發覺到。一個棒極了的目標。水不夠深。最低水位的下降。她靠過身來，伸出手來。西蒙像彈簧彈起般地豎了起來，將一邊後退、一邊打開裙擺內魔幻劇場的茱內特濺了一身，老天！

——哇，好傢伙，你還眞行。我不會碰你的，乖一點。讓我看你的手和膝蓋，拜託至少讓我看一眼。這只不過是個小傷口，我忘了拿汞水，就用肥皂吧。聞聞看，多香多甜，讓你從這裡出去以後，像一束丁香。來吧，讓我來弄。

聲音的魔力實在是不可思議。只要她把銳利的鋒芒去掉，就足以使西蒙整個人瓦解消沈，闔上雙眼。茱內特說的對，這眞是舒服極了。手套在他皮膚上移動，讓他全身發麻，喚醒一窩沈睡的螞蟻，衝下他的脊柱，然後回攻中樞神經，他那肉體的潛望鏡。警報立即響起，但是，太遲了，西蒙被包圍了，毫無反應；帶著手套的手，捉摸不定又無動於衷，變得沈重，一點一點的偏離，像是被水所誤導，在靠近恥骨的地方，她開始轉呀轉，任人難以忍受地轉著。（停下來，我）叫聲出不來小孩的嘴巴。圓潤飽滿的胸部輕輕地略過他的臉，如同鴿子的撫摸，展現一片天空。西蒙，閉著眼睛，要起飛，他收起雙腳，幸福盡在艙裡，但猛然地，他往後拉，重新張開眼睛。他的寶貝在茱內特的手中，被她像鰻魚般地緊握著。她硬生生地弄出龜頭，害西蒙一陣痛苦地呻吟著。這也要洗一洗，大孩子。她嘶啞灼熱的聲音在耳際搖擺，在指責和撫摸之間，孩子目瞪口呆，在天與地之間，他自問著該笑或該哭。我還聽到媽媽從上面對我喊叫著：整個洗乾淨！別忘了屁股、屁眼、小弟弟、全部。細節部分，看說明。光聽茱內特，西蒙忘了去讀字裡行間潛藏的意義，該乾淨的地方不乾淨，而且惡臭，正如另一個所說的。他從頭到腳感到一陣羞恥，而她拉他那東西時，和寶琳弄的方式完全不同，因爲寶琳只是像抓水果糖一樣地抓著，茱內特則是從上到下，從下到上，或壓或揉，讓西蒙天翻地覆，實在是太舒服，在一個她瘋狂操作的飛行器上，他的心跳到了一百六十下。

他又閉上眼睛，女人呵在他大腿上的氣是熱的，喘吁吁的，圍在快脹裂的龜頭四周的手指動作越來越快。加速過頭，突然一陣發麻來襲，爬上他硬挺的桿子，才來得及叫兩聲茱內特，茱內特！就已經太遲了，直接命中潛望鏡，剖腹開膛的潛水艇漸漸地沈入深海裡。當遇難船隻重新浮上水面，重見海灘，老天，恐懼，羞恥，及痛恨自己地望著這片殘局，這些留在她手上、臉上、一直到頭髮上的餘跡。眞想不到，這會這麼棒，我實在很喜歡，張開眼睛，一點也不反對。她已經起身，在洗手台的鏡子前，用力擦拭，然後，半喜半怒，很詭異地看著西蒙，小豬，小豬仔，看你把我弄得全身都是。

不但沒有回說她錯了，他不是小豬，完全是她的錯，她不該……西蒙臉藏在手裡，想消失的無影無蹤，回到從前，從零開始，但罪已經犯下，今後如何能正視她，這之後又如何能繼續愛她？他想：玷汚，我玷汚了她，讓她倒盡胃口。她會把我丟出去，你再也不要給我回來，這沒教養的傢伙。是他在苦苦哀求，結結巴巴地說著，求她原諒，他不是故意的，事情就這麼發生，他無法控制，對不起茱內特，對不起……

——別在那裡拉拉扯扯的，實在有夠煩人。你現在是個男人不是嗎？雖然你還有很多要學的。快，出來吧，我把你擦乾。

再度是那同樣的聲音，和母親最後只好在我所做的蠢事上畫十字時的聲音，幾乎是不相上下。同樣的。西蒙趕緊衝進她拿給他那條像是魔術師披肩的大浴巾裡。他來不及看到浴衣已經堆在他腳邊，而且茉內特全身脫光光。她把他裹在毛巾裡，緊緊抱著他。突然，頭埋入她的肩膀深處，他嚎啕大哭起來。

——哭吧，哭吧，這樣才會長鬍鬚。

27

自從上次小小的發作之後，西蒙不再是同一個人了。他就像是擺脫了孤獨童年裡那些蒼白彆扭的季節。現在，爲了成爲一個男人，他花在鏡子及櫥窗面前的時間，超過一個男人所應該花的時間，像他父親所說的，而他那有點浮誇的自豪使他趾高氣昂，縱聲而笑。

當他大膽地投入大佛瑞迪和新進小子相對抗的打架之中，終結的一拳打在殺豬者毫無設防的笑臉上時，上課時壓抑著他及下課後讓他不敢接近操場野孩子的恐懼感，在團契同學的鼓勵下突然消失了。如果沒有從樓梯上一直盯著這一幕的工友——這個渾身肌肉，面目猙獰但卻目光溫馴的壯漢——的仗義相助，突然一陣風似地從教堂出來的牧師那一巴掌，勢必讓剛才的榮耀無處宣洩，還不說因此而讓他掛零的操行成績（這點，善良的工友也無能爲力），如果對兒子的轉變興奮不已的母親不立即介入的話，少不了回家還要挨一陣打。

窘迫的菸草王，只好暫時擱下判決的執行，父親的職責及寬大的原諒；一邊嘀咕著，一邊把執法的手收回工作服的口袋裡，還因爲被持續的憤怒及遭受的侮辱所分心，差點摔在樓梯上。

隨之而來的是父母房間裡的一夜騷擾，呻吟聲及笑聲配合著大床的吱吱嘎嘎聲，以致於這筆帳像奇蹟般地被一筆勾銷（這天晚上，王冠可能離疲憊的國王的頭如此之遠，讓他老婆得以拾起王冠，而且斬釘截鐵地戴上它），再也沒有人提起。當討論的主題又回到西蒙時，母親很快就獲勝，失勢的國王只好把帽子壓的更低，一邊下樓到店裡，一邊咕噥著已經夠了，等著瞧吧。

28

接下來的幾天，發生的事情都無人目睹。然而，我寧可跳過、失去、不知道這些緩慢的、酷熱的、令人難忘的日子，這些我父親不看或視而不見的日子，讓西蒙和他母親自行解決，他對可能發生的事，袖手旁觀。雖然我告訴自己，我現在正在爲放縱西蒙自己沈淪、天眞、無知而付出代價，我讓許多和這毫無關係的女人，這些深情的、惹人憐愛的、不懂得無情是何物的女人，付出慘重的代價之後，自己也因此受罪。而我對自己的嫌惡更甚於對她們肉體的疲乏，雖然是這疲乏讓我結束了每一段關係；我也沒必要在這裡重複地說著我每一天都爲此付出代價，特別是那些颳風下雨的日子，當這個十二歲孩子的臉又來纏繞著我，那張譴責的、質疑的臉，讓我不知道重新改編了多少遍他的故事（而且，我繞著死結轉，卻不敢把它拆解開來，我猶疑著，不曉得要不要進入主題，因爲事情發展得超出所料，卻又是那麼的無法避免，因爲西蒙就是這個樣子，因爲茉內特就是這個樣子，這也是爲什麼我一直拼命地抓住那些比枝節還要脆弱的細節，好像我期待還能從拖走西蒙的泥流中救出他，而他卻一邊笑著一邊衝向滅亡，因爲這是他第一次在一個女人的手中射精，因爲這就足夠讓他以爲有人愛他，我再怎麼叫喊，嘶吼，也無法阻止他，把他拉回來)，反正沒有任何東西，任何東西，可以安慰得了我。

我多麼希望他能聽一聽我這個笨老頭，這個隱居在任風摧殘、林際樹枝所鞭打著的鏽鐵皮屋裡的老笨蛋說句話。我知道，這很可笑，但是如果我被剝奪了這個幻想，這個讓我以爲，如果事情不是這樣發展我的人生將會有所不同的幻想，教我如何活下去？如果有其他方式重拾他的童年，像那塊少了的拼圖般把童年重新放回他的人生中，而不是只能一遍又一遍地重新瞎掰。趕快告訴我吧，因爲我已經快要不行了。如果有其他方式，趕快告訴我吧，因爲女人的絲襪緊緊纏繞著我的脖子，這雙西蒙從茉內特那裡偷來的黑絲襪，在他終於瞭解一切的那天，這雙我再也無法與之分離的絲襪，這雙絲襪每天一點一點的掐住我的脖子，越掐越緊，而我惶恐地顫抖著。

29

我還記得這天西蒙是多麼地快樂，他提早到達，眼前有一整個下午供他揮霍，讓他可以陪著她，不用害怕回去的時候被罵。

前一天晚上我們慶祝了他的生日：十二歲了。媽媽做了一個好大的巧克力蛋糕，可惜的是蛋糕塌陷下去，媽媽抱怨著，但是十二根蠟燭站得挺挺的，而且第一次就全部吹熄；菸草王也不甘落後，但是他不動聲色，還裝的若無其事，偷偷地準備他的禮物（或許讓他重新獲寵，順便讓他復權）。事實上是一個令人驚訝的禮物，這把我垂涎已久的木製折刀，我父親早已不用了，但卻連借我一下也不肯。菸草王已經在倉庫暗處磨過、擦亮、礪尖這把刀，讓它像新的一樣在西蒙手中閃閃發亮，自信一定會讓他驚訝不已，而且帶著它。也眞是如此：小孩跳到父親的頸子上又親又吻。媽媽這時爲了她的蛋奶酥而抱怨在那裡乾等、沒有被親吻被稱讚，西蒙抱起他們兩個，感動的菸草王順勢同意讓西蒙第二天下午出去玩，在附近的林子啓用他的折刀，因爲在那裡他不會不小心傷到人；他母親也不甘示弱，給他一大塊蛋糕，隨他去分給任何他想要的人。夫妻重歸舊好的太平日還遙遙無期。

我可憐的西蒙，多麼自豪地帶著那塊蛋糕去山上小屋，他的十二支蠟燭還放在口袋裡，預先對茉內特的驚喜、一進門就聽到她高興地格格笑、她喜悅的雙眼及接下來的種種，感到自豪及高興；他也很自豪能秀他的新髮型，整齊的頭髮，順服地往後貼，而且現在他聞起來多香。自從浴室那一幕以後，該看看他是如何仔細地洗澡，在不利於他母親的情況之下是如何地每天換洗衣物，這點，母親覺得實在是太誇張了，因爲他父親一直都還沒有從口袋裡拿錢出來買洗衣機，還有……總之，他在脖子上、腋下、兩腿之間灑了他父親的古龍水，把自己擦的像廚房的銅鍋及陽光下的甲蟲一樣閃閃發亮。只有他的聲音仍讓他絕望不已，那猶豫不決、遊走兩面的聲音，就像他內部的收音機只有兩台可選，一台接近家蝠的高音，另一台在低音穴居動物的音階上亂鳴。結論是：盡量少開口，只要靜靜地凝視著她，任由她去做。

30

當時我像一個走在他夢裡的小孩，我以爲，一直以爲，寧願這麼以爲，終於成爲成年人了，終於不必再感到害羞及害怕了，一切將有所不同了。精液也不會再度混雜著淚水了。已經跨過了一條界線，一股新鮮的氣息充滿我的胸部，我很想一直不斷地跑，在草地上打滾，親吻路邊的樹，和佛瑞迪重修舊好。我把玩具兵收在鞋盒裡，下定決心要永遠地埋葬這個和我無關的韓戰，在這場戰爭裡，父親的影子如此長的一段時間一直追纏著我，而我如此長的一段時間，藉著賦予他的故事不同的結局，一直試圖想要追上他，有時藉著恰如其分地殺掉他，以便在槍林彈雨之下把他抽動的屍體扛在我的背上，有時候藉著在最後那一刹那把他救出來，我因此成了被熱忱歡迎及授予勳章的英雄，讓父親前所未有地把我抱在雙臂裡，淚流滿面，一邊重複著，兒子，我的兒子。但是，有時候，是我在戰場上奄奄一息，我使盡全力地叫著他，但是在軍隊交戰聲中，他聽不到我的呼喊，就像他在酒吧的嘈雜聲中也聽不到我的聲音，因爲，就像他到處宣傳的那樣，那裡不久之後將會有一台自動點唱機，各種吵鬧聲、手風琴窸窣聲、大珠小珠交雜聲都有，就是沒有薩爾瓦多的歌聲，其實朱羅對他也是一無所知，讓我生氣的是，這點完全讓佛瑞迪說對了（一個愛說大話的人，我早跟你說過，就是一個愛說大話的老頭），而且我父親也不知道薩爾瓦多（這個傢伙是什麼玩意兒？）算了。我那時候敢挑戰佛瑞迪，徹底打敗他，我可以相信世界已經翻轉過來了，而我是在太陽的那一邊。我忘了陽光會灼傷人。

我以爲，一直以爲，寧願這麼以爲，菸草王，在兩杯劣酒之間，將會發覺到我已經長大了，因爲他沒有忘記我的生日，而且今後有朱羅、居斯及其他人作陪的牌局裡，都得把我算進去，因爲一個十二歲的小伙子，就算他被留級過，就算他還沒有接受莊嚴的聖餐禮，也不能打發他和尼可一起早睡，一起睡在一張床上。我多麼希望，不必要直接告訴他就能讓他知道，我現在什麼都知道，那些讓他們每個人都放聲大笑的笑話，我這時也都瞭解，而我耳後已經沒有乳臭味，不信的話，他可以捏捏我的鼻子，看看有沒有牛奶跑出來。因爲茉內特緊抱著我，讓我在她的手裡變成一個男人，而我也能取悅她。我的父親仍是什麼都看不見也聽不到。我像隻蛾般繞著他轉，只希望他終於發現到我那太短的褲子讓我舉止笨拙，最好是給我一條長的褲子，我的意思是，一條達到我足踝長度的褲子——我才不要像老居斯一樣，走路時幾乎都要露出腿肚子來了，因爲這又讓佛瑞迪有話可說了，說他家的地窖漏水。說也是白說。我就是惹他生氣，如果你閒著沒事繞著我轉，我可以找事給你做。要不然去問你媽媽，因爲這個時候是她作主。就在我要溜走的那一刻，拜託你，頭髮給我梳的像樣一點。我眞該把他那把折刀往他臉上丟過去。

我以爲，一直以爲，寧願這麼以爲，她，我的母親，終於，或幾乎是，全都看到了，全都瞭解了，她這時看著我，喜悅的聖母雙眼濕潤，充滿讚揚及感恩，這時的她，將毫無保留地接受我的要求，但是，既沒有抬高音調也沒有從燙衣服中轉頭過來，她只說了一句，等你接受聖餐禮的時候再說。對她來說，這是理所當然的事。在莊嚴的聖餐禮之前，我們還是小孩；之後，一下子，我們就變成年輕人。她應該是沒有理解到我的堅持。我還有一整個下午在我面前，我把疑問藏在我的口袋裡，拿著我的蛋糕，還有神話裡我那伊卡洛斯的鳥翼，一溜煙地逃走。還不到十點，太陽已經灼熱燒人，我確信早兩個小時溜出去，不會有人發現。

我以爲，一直以爲，寧願這麼以爲，茉內特愛我，我的意思是，和我母親的愛不同，當我們愛的時候，時間不是問題，她會對我突然的來訪感到高興，她會馬上張開她的雙臂迎接我，就像這本我在頂樓偷讀的書，我躺在一疊報紙的後面，尋找我的父親會在那裡發現我。接下來是多可怕的一景，一連串噼噼啪啪跌跌撞撞的巴掌聲，菸草王揪著我的耳朵到母親聒噪不停的嗓音下，一邊在我眼前搖晃著罪證，封面是一對情侶相擁而吻，陶醉的女人，赤裸著胸部，老天，幹這種事，還不趕快去懺悔。而且是兩次，不是一次就可以了事。我們養你不是爲了讓你去唸這種下三濫的東西。我以爲，一直以爲，寧願這麼以爲，茉內特擁我入懷是爲了聽我懺悔，用她轉動的方式來原諒我，頸邊情感的抒發，大開的大腿，嘶嘶作響的絲襪，讓我在短褲裡上漲地更快。我有全新的翅膀，而我只要求一件事：讓茉內特教我航行，輕輕地，因爲目前我的飛行計畫只及於模糊而令人不安的內幕一瞥，被淚水略微模糊的表層，以及對地形起伏的一個強烈游移不定的概念。就實際操作而言，我的飛行時速限於用我自己的駕駛桿作無度的操作，像她在藍色的水中所示範的，像我接下來所一再重複的，獨自一個人，衝動地，在某些更不舒適的地方，倉庫，廁所，矮樹林。總之，在套給牠項圈及鍊子之前，像一隻勇敢的狗般地，對撫摸牠的手的善意，一無所知卻深信不疑。西蒙以爲，一直以爲，寧願這麼以爲，她將愛他就像她愛一個男人一樣。帶著激動的眼神及地獄之吻，又長又濕。還有她那又厚又紅的雙唇。又熱又軟。正如在頂樓狼吞虎嚥的小說情節一樣。就像在呂克斯電影院的海報一樣。然後讓我的頭滾在她的肩膀上，慢慢地死去，久久地，在她的擁抱下。

我不知道我們如此年幼的時候，可以從那麼高的地方摔落。

31

史塔貝克沒有停在屋子前。西蒙沒敲門就進去了，心臟怦怦地跳著，太陽穴隱隱灼痛。站在廚房裡的茉內特，背對著他，光線像一團火似的燃燒著她那散亂的頭髮。轉過身來時，她叫了一聲，刀子對著他。西蒙往後退，但是她，連讓他回過神來的時間都不給，生硬而專斷的：

——先敲門再進來是起碼的禮貌，小朋友！你以爲這裡是什麼地方呀？這裡不是教堂，更不是菸草酒吧店。

她的聲音露出不屑。她把刀子丟到桌上，在那裡，有好一會兒，我好羨慕那些蔬菜、辣椒，仍如此鮮豔活潑，讓人家以爲它們就是在切菜板上出生的。靠著木板，她像個女老師般兩臂叉在圍裙上，緊閉雙唇，惡狠狠的眼神。等著一個解釋，幾句道歉。震驚的西蒙，舌頭像被砍掉一般，可憐兮兮的，和手上端的蛋糕一起掉落，就像一本筆記本。看到眼淚滾下小孩的雙頰，她做出要接近他的樣子，伸出她的手，但是，西蒙，一陣惱怒，往後一閃，大聲叫著：

——我才不是您的小朋友。我叫西蒙，您好壞好壞。我恨您。

把蛋糕丟到地上，他轉身就走，門被用力地砰一聲關上。

32

跪在雲裡的那人把鐘樓腐朽的木板都換好了，他開始要釘上第一片石版。這時要進行的操作是如此地棘手，必須全神貫注。他沒有聽到小男孩接近的聲音。還以爲獨自一人在陪伴著石版、藍天及雲彩，他在敲敲打打聲中哼哼唱唱。

西蒙坐在長滿綠苔的墓碑上，一手遮著太陽，嘴張的大大地，觀察著他。優美的景色，哼唱的小調及敲敲打打的聲音，終於戰勝他的悲傷，壓抑在胸口的拳頭鬆了開來，蛋糕的插曲已經抛到九霄雲外。

——喂，小子，你不識字呀？工地勿入，難道是寫給狗看的？趕快給我滾開，這裡很危險。

那人現在兩腳站在繞著鐘樓圓頂的鷹架上，距離頂端有一公尺遠，他一邊咒罵著難開的彈簧鉤，一邊鬆下吊帶。西蒙退到陰影下，放下人們一眼就認得出來的那隻手。

——我只是要跟您說聲謝謝，先生。前天牧師先生本來想打我，是您擋了下來。

——是你呀小子。你幹得很好。那傻瓜，早就該揍一頓，如果我抓得到他，就會是我給他吃一頓排頭。老是在工地晃來晃去，和一個鼻涕吸得窸窸窣窣的醜小子。這兩個傢伙大概和我的起釘鉗錘子不見大有關係。讓我逮到他們，他們可有得受了，相信我。

這個工友眼神明亮，聲音卻粗糙而緩慢。突然，他挺起身子，忘了西蒙的存在，雙手做成傳聲筒狀，大叫一聲，食物來了！已經不早了，我快餓壞了。別告訴我是你親手下廚弄來的什錦火鍋，我都會相信。

他這樣對著吼叫的，是一個穿著工作服的年輕人，可能是他的學徒。他才開始小跑步，就氣喘吁吁。大顆大顆的汗流下來，他從口袋裡拿出一條紅色的破布，仔細地擦著汗。這是個略胖的金髮小孩，有一個長滿雀斑的翹鼻子。他一聲不吭地，勉強瞥了一眼西蒙，然後像企鵝般走向靠近墳場垃圾處、用屋梁木板升起的火堆處。他撥著煙灰，拿出一個平底鍋，用螺絲起子打開兩盒罐頭。

然後，如同聖靈從天而降的聲音，把西蒙喚回現實。

——孩子，用餐的時間到了。對不起沒請你一起用餐，我很樂意這麼做，但是我想你父母在等你。快回去吧，否則你要白白餓一頓。拜拜。

西蒙趕緊走了。只要他父親沒察覺到他不在。在他的背後，他聽到工友的聲音唸著他的實習生，在拖拖拉拉些什麼呀，先把菜拿來再說。在雨落下來之前。我可不想淋成落湯雞。

天空漸漸暗下來了，大片的烏雲撒落在一坑又一坑藍色水窪裡的天空。西蒙開始跑。

路上，他和從洗衣處回來的寶琳及她母親擦身而過，洗衣處是在一個方形的建築物裡，其中一半仍覆蓋著古羅馬帝國時代的瓦片，鏤空的紅磚構成牆壁，兩個深色陶土的老舊飲水處設在兩旁，讓牛群可以在回畜欄之前喝最後一口水，讓髒兮兮的狗可以洗個澡，讓佛瑞迪和他的同黨可以一起尿一泡尿，路過的童子軍可以浸泡他們的帽子，就長著綠苔的噴水口喝水解渴，相互噴水尖叫，而讓坐在門口的老人搖著頭，一邊咒罵著這些年輕人不但浪費時間在無聊遊戲上，還在大辣辣地刺激了獸群之後，任由圍欄大開，讓牠們在花園裡四處亂跑，破壞一切牠們腳下之物，蹄子弄得滿地坑洞，蹂躪菜園裡的馬鈴薯及四季豆，隨處亂拉牠們滑溜溜的糞便，結果招來了這些出現在每道菜餚上的又綠又黑的大蒼蠅。瑪利，最好來場大戰，不是嗎。唉，俄聶司特，別說這些觸霉頭的事，反正該來的還是會來，然後對話轉到某人的關節病，另一人的子宮下垂，霜霉病，季節的大轉變，然後，又逐漸地回復原先的秩序，夜晚緩慢地滑行於飲水處的神秘水鏡上，座椅上的老人們就在離火不遠處，陰影的一角裡。

所以，今天是星期四，一個眞正的星期四，因爲放假的時候，只有星期日和其他日子不同，因爲星期日才有無法逃避的大彌撒，晚禱課，及夜間儀式，想想你將要有的莊嚴聖餐禮，媽媽這麼說。

而不穿外衣，只身掛藍色圍裙的爸爸，已經在準備彌撒結束後的事情，如他所說的，一大早爲了提神，先一口氣喝完一杯燒酒，在擦完桌子之後，又喝了一杯紅酒，爲了重新開始啤酒幫浦的運作，又喝了另外一杯，以致於當媽媽從墳場回來的時候，因爲墳場

那裡

需要爲祖父的墳頭說些禱詞，

換花瓶裡的水，

從隔壁墳墓剛擺上的新鮮花束裡，借來幾朵這裡或那裡的花（反正他們也是這樣做，她這樣替自己辯護著）

重新耙平礫石花壇，

冥思著那完美的傑作，我想到的卻是當午睡開始襲擊整個村莊時，佛瑞迪將重新攪亂這一切，她則是趾高氣揚地比較著她眼前的墳墓和其他人的，最美的一座墳墓！祖父在天上應該會很高興，趕快畫個十字，回家去，

菸草王早已經是精神昂揚，在桌子之間裝腔作勢，因爲那魁梧的吉賽爾回來了，踩著十二公分的高跟鞋，穿著皮製的迷你裙，大辣辣地露出她套上黑藤的豹腿，而父親的眼睛就像一個花白泰山的昆蟲眼，只想把一籮筐大腹便便盛裝男女都掃出門外，以便發出他那喔伊喔伊的地獄之吼，一藤又一藤地翻越到玫瑰色的泉源。

可惜呀可惜，女主人出現了！觀衆的叫囂一下子把鐘擺歸回原位，把父親送回本營，

在櫃臺後面，發出他最深沈的氣惱，大家都在等您，沒有人理會，以致於他以爲還得加上一句，才不會在吉賽爾面前顏面盡失。

牧師至少有讓您順便拭擦一下他的管風琴吧？

我們瓶子裡的水，可不是聖水缸裡的水！

於此，我母親總是用聳聳肩來回應，我趕緊跟在她的腳步後面上樓，但是他說，兒子，別急，這裡還有事要做。先從洗碗開始。

還好，一個眞正的星期四。寶琳用她的肥腰頂著洗衣桶，一手拿著裝滿刷子的桶子。她公然地掉過頭去，盯著綠籬野薔薇的紫色小漿果，當我們玩蒙眼睛用舌頭猜東西的時候，她會厭惡地吐出的這些漿果，這時似乎突然變成一顆顆飽滿的桑椹，再三地向她示意。她母親，龜縮在老太婆灰暗的舊衣服裡，一條頭巾繫在消瘦的額頭上，對西蒙的招呼視而不見，只一味調整著她鯨魚肚上塞滿衣服、不時滑動著的籃子。當他走過她們，西蒙轉過身來，驚訝地發現之前從沒意識到她們的相似性，主要是因爲他們通常是在車庫陰暗處會面，但或許也是因爲茉內特的關係，她那若隱若現的、被窺視的、被嗅聞的軀體，雖然當場他並沒有想到這一點．她們母女倆的腿都呈外八字型，像鴨子般地走著。想到他曾在汽油桶後面跟她借她那玩意兒，想到他曾把手指插入她的裂縫裡，而他曾爲此興奮不已！

這時，寶琳在他這堆想法中轉過頭來，向他伸舌頭。眞是個大傻瓜！

33

你跑到哪裡去了，今天早上你父親到處找你，他氣得要死，害我以為他要心臟病發作了。說是下午就是下午，而不是早上。你老是這樣一意孤行，實在是不能信任你。你懂嗎？早超過一點了，午餐都用過了，你父親要去一個韓戰老兵的葬禮都已經遲到了。這些野孩子就是這樣，老是想得寸進尺。讓他瞧瞧我的能耐，他那時說的，他的東西都打包好了，他休想給我逃學，想溜還早，告訴你，這是我說的。他眞的是氣急敗壞到了極點。我盡力安撫他，這還可眞不容易，他找不到他那條黑色的領帶，他上衣的折邊又脫線了，褲子下擺皺褶一堆。一個不小心，搞不好我就會被修理一巴掌。你知不知道你把他氣成什麼樣子？你瞭不瞭解事態的嚴重？你給我聽好，十五年來，從來沒有過，我在說什麼？十六年的婚姻，老天，時間過的眞快！他還沒有對我動過一根寒毛。甚至在他最狼狽的時候。碗櫥，倒是有過，我老母的碗櫥，他用拳頭把它整成什麼樣子。還是野櫻桃樹做的，木頭裝配的。碗筷也被拋出去，特別是剛開始的時候，瓷器的盤子，純賽夫勒產的，還有阿黛爾阿姨的中國瓷器，在我們，也就是你阿姨和我，還很小的時候，當我們繞著桌子追著跑的時候，你老是在發火的阿姨會一直尖聲重複著我的唐器，我的唐器，所以我們最後都叫她我的唐阿姨。最後一點，你最好在他回來的時候，趕快找出一個理由給他，不然你的屁股就要準備挨打。但是，先告訴我，你到底去哪裡了？在教堂，你們相信嗎？你以爲你父親會信你這一套，何況他十分厭惡牧師？你不能找些更……更，好了，別傻了，你知道我要說什麼嗎？眞相？什麼眞相？別用不符合你年紀的字眼了，拜託。事情的眞相是，你還跟寶琳混在一起，寶琳這個該死的壞女孩，讓我逮到她，我會甩她的耳朵甩到讓她幾天幾夜都睡不著。不用發什麼誓了。現在給我胡謅出一個工友，下次又會是什麼？乾脆說是教皇好了？夠了。今天晚上給我解釋清楚。最好是你父親回來的時候你已經上床了，或他身體僵硬到一下子就癱倒在房裡的地毯上。在這之前，還要替吳爾茲太太辦一件緊急的差事，她電話已經打來了兩次，她生病了，不能出門。在下雨前趕快去她那裡。她是誰？你知道她的呀，就是那個穿得不錯的太太，就在你打翻半打架子上罐頭的那天，我和她一起笑得要死。不要？你又在搞什麼鬼？在捅出那麼大的一個紕漏之後，你竟然還敢說不？她很壞？你在開什麼玩笑，這是一個好的不能再好的人，相信我，對這種事，我的眼光不會錯。我不要再聽你胡扯了。行行好，趕快去做。我還得看顧店面，還有你那又突然發燒的弟弟。速去速回。東西都在櫃臺那裡，放在黃色的紙箱裡，這裡是她的帳單。如果她馬上付清，就把錢放在這個錢包裡。去吧，勇敢點，這又不是你第一次去，她不會把你吃掉的。

34

我眞希望可以躺在地上，在小路的草地上，再也不用移動，只是等著雲裂雨下，讓那沈重而狂暴的雨，把我和蕨類及一兩座山丘，還有我的兎子及玩具兵盒子，通通一起帶走，遠離此處；眞希望閃電剛好打在那百年的老橡樹上，剛好在我父親那輛破舊的四馬力汽車經過時，而萬一他還能從那堆廢鐵中逃生出來，最好他什麼都不記得，變得像隻小狗般地聽話；眞希望在上頭的另一個，一陣暴雨襲向正在花園裡收衣服的她，就像第一天那樣，把她按在牆上，就像張電影海報般釘住，溫情汩汩淌流著，而她所有的壞心腸，惡毒的微笑，都變成一灘柔和及放縱；眞希望滂沱大雨一過，高惡馬上消失不見，如果還存在，希望是一個裸露兩腿的年輕女孩在等著我，展開雙臂，獻上雙唇，而我可以和她分享一切，彼此再也沒有任何的秘密。

兩滴雨滴打在他前額，讓西蒙一躍而起，揉著眼皮，收拾起散落一地的東西，快步趕向小木屋。他眞不該坐在斜坡的凹洞裡，任由怨恨疲憊把他淹沒。他完全不知道現在的時間。他飢餓難耐，憤怒及恐懼也折磨著他。萬一茱內特已經打電話回家，而且剛好是菸草王接的電話，他回去恐怕又有得受了。老天，隨心所欲就製造天使的老天，給我翅膀吧，那我絕對不會再犯下瀆天之罪，但是趕快吧，拜託您，否則我注定在黑暗的倉庫裡死在父親的鞭打之下。

因爲大門鎖起來了，所以西蒙才看到那輛史塔貝克車。否則的話，雨下這麼大，他早就衝進走廊甩頭髮，什麼都沒看到。

車子並沒有停在老位子，而是放在路旁的人行道上，在斜坡中央上，且離屋子夠遠，讓人以爲車主是到草地下方去溜達，活動活動一下筋骨。香菇呢，就別想了，時候地點都不對。或許晚點吧，太陽出來的時候再說。

讓西蒙最訝異的是，車子這個不尋常的位移，最後終於引起他的疑慮。好像有人不計代價要打消他的念頭，故意讓他以爲裡面沒有人。但是爲什麼茉內特告訴他母親說她生病了呢？應該要把事情弄個清楚。

用腰往上一扭，他爬上花園的矮牆，確信側門還開著，因爲最常忘記的就是這個門。門果然是半開著，他小心翼翼地推開，踮著腳尖進入廚房，把東西放在桌上，摸黑穿過窗葉緊閉、沈睡在黑色家具及蒼白祖先之間的客廳。他用仙女般輕巧的手打開樓梯間的門，豎耳傾聽。下雪清晨的寧靜。好像雨已經完全停止了。西蒙屏住氣息。從樓梯腳下，實在是看不見什麼東西，除了淺色門的頂端，浴室及臥房。關起來了。所有東西都靜止不動，過濾器完美到讓人幾乎可以聽到下面花園的草地在發芽的聲音。然而，西蒙知道他們在那裡，他們也在聽，而他的心，一想到他們隨時會突然出現，當場把窺視的他逮個正著，他的心就開始在胸口碰碰地跳著。他也想過做個手勢轉身就走：但他卻待在原地不動。像柵欄的一根木樁。等著致命的一擊。或收起雙翼的烏鴉，但實際上卻幾乎像是停下來的麻雀，先是一陣竊竊私語，然後是越來越大膽的喘氣，最後變成越來越活潑的格格笑聲，就像在他父母的房間裡一樣。哎，他終於可以呼吸了。

一個男人的聲音突然開始低聲吼叫：是那個醫生。西蒙還來不及去理清攪動著他的情感，到底是嫉妒的刺痛還是預測準確的滿足感，下面引擎發動的聲音，車門砰一聲關起來的聲音，讓他猛然衝向樓梯去，一邊沒命地喊著茱內特！茱內特！房間的門立即打開了，把穿著紅緞浴衣的悍婦圍在光亮裡，慌亂的眼睛，張開成圓形的嘴，停在一個無法發音的喔上，盡她所能地掩蓋床上的那一景，亂糟糟的床單，以及背對而坐的醫生，正在繫他的褲子吊帶。

在下面，說起來眞像是有成千上百個小鬼鬧著大門，門鈴哽咽不停，吼叫聲混雜著闖入者的粗話，從樓梯上滾下來到茱內特面前的西蒙，似乎認出那闖入者的聲音，卻說不出名字來。茱內特從背後推著男孩到小客廳去，你，去弄你的剪貼，快，一個字也不准說，懂了嗎，一個字也不行，我們待會再解釋。緞綢轉半圈，她就飛走了。

陌生人雷鳴般的聲音越來越強，咒罵不絕，斷斷續續夾著茱內特的哀嚎，老天，老天，怎麼會發生這種事？一點辦法也沒有，西蒙就是想不起來，然而卻認得這個聲音。廚房水槽嘩啦啦的水聲。茱內特說：你給我在水流下握好，我去找消毒藥水及繃帶。眞奇怪，西蒙想著，她用你稱呼他，好像在跟個小孩說話，好像媽媽在對我父親說話，當他弄痛自己時，或她要安撫他時，媽媽就會這麼說。如果是她丈夫，樓上坐在床上繫回吊帶的醫生，大概也是坐立難安。也好。可惜的是那人在倉促之中，發著狂，否則他應該有注意到那輛車子。他應該像我一樣有注意到那輛草綠之中雪白的車子。還有它閃亮的零件。那麼……

35

——你在這裡做什麼呀？

那個工友！他站在小客廳的門縫之間，一隻手臂裹在破布裡，鮮紅的手懸盪著。被嚇呆的西蒙，含糊不清地說著幾個字，比較清楚的是，「媽媽」、「跑腿」。還好，茉內特及時趕到，讓他脫離困境。

——別鬧這個小孩，他是西維斯特太太的兒子。還好我生病的時候，有他在我身邊。看她拿給我的東西，他……

——別生氣，親愛的，我也認識他，他是一個勇敢的小子，但是我搞不懂他在小客廳裡幹嘛？

——沒什麼好懂不懂的。他喜歡舊雜誌，我替他把雜誌保留下來，讓他可以剪剪貼貼。如此而已。

——在他這個年紀，我啊，已經在工作了！

——親愛的，你落伍了。別再說些蠢話，讓我看看你的手臂吧。

剩下來的，逐漸消失在唉呀聲中，很快地，再來是各種的嘰嘰喳喳及輕吻的聲音。現在，一切都清楚了。樓上的醫生，嚇的臉色發青，大概還躲在地毯下面苦苦搜尋著脫困之道，一邊咒罵著怎麼這麼倒楣，一邊估算著安全抽身的機會有多大，萬一那個討厭鬼突然想要上樓瞧瞧一切是否正常。除非一邊在翻藥箱的茉內特及時安撫他：別擔心，我對他瞭如指掌。讓我來——但是，那孩子是誰？——待會再說，閉嘴。

在廚房，茉內特竊竊私語的聲音及椅子在地面上的聲音，讓人家以爲那個工友想要繼續那一幕，而她則略微掙扎了一下。不要，親愛的，不要在這時候嘛。今天晚上吧。走吧，就這樣說定了，一言爲定。聲音越來越遠。西蒙想像著那一景，把男人推出門外的她，拖拖拉拉不時轉過頭來想進門的他，別像個小孩子了，快走，趁現在放晴，收拾你的東西，這次小心點。

叮叮噹噹，大門的鈴聲又響起了。工友的聲音叫著，嗨，早，大夫（醫生！他是怎麼做到的？一道秘門？或像大仲馬小說裡的逃亡者，窗戶，撕下的床單，一頭接一頭地綁成一條長繩子？）這次，您到的太晚了，我家的護士比您還快。這似乎讓她安心多了。笑聲。西蒙突然想起老居斯用的詞：在高處不勝寒的綠烏龜。原來如此。高高地掛在鐘樓上的他，來這兒來得還眞不是時候。現在他竟然還在跟醫生開玩笑。好一個戴綠帽的傢伙，竟一點都沒料到。一點也沒有！好像要相互離去的老朋友般，在門口聊著天。西蒙拉開窗簾，頭略微伸出來，又馬上縮回去：這醫生，戴著玳瑁眼鏡及一圈花白鬍子加上一對濃眉的瘦皮猴？還眞是一臉晦氣的人。西蒙驚訝不已，這和他所想像的醫生差的眞遠，但是最讓他吃驚的是，這個像極了他夢魘中的學監的傢伙，茱內特竟然能……不可能，一定是我在做夢，這實在是太噁心了。

在相互分離的時候，工友用力握著瘦皮猴向他伸出來的手，然後爬上他的小貨車。發動時，他又從車門喊了某個東西，這東西逐漸消失在引擎發動的爆音裡，但卻像金塊一樣讓學監的虎牙閃了一下，一手放在史塔貝克的車門上，準備要走。當小孩從窗口轉身過來，重新坐下時，他的鬼臉還眞難描述。是氣惱，是悲傷。或許是反感。對自己的，對另外一個人的。總之，完全是不知所措，被一種模糊的感覺所折磨，覺得好像是隻在一場恐怖的滾球戲中央的小豬。我可憐的西蒙，還眞是無知。她已經結婚了，她和醫生欺騙了她的丈夫，還利用你來替她把風，讓你以爲她愛你。而你像個傻瓜般相信著。被牽著棍子頭走，連棍子也一下子就被馴化的服服貼貼。太早被馴服了。被寶琳的手馴服，還有她那令人厭煩的撲滿。你也是，像其他人一樣，被想要撫摸吉賽爾粉紅色內褲的慾望所馴服。因爲她在桌底下的絲襪，比韓戰還要活生生。然後是海報上紅色厚唇的滋味，茉內特又漲滿又雪白又柔軟的胸部上的水珠，她那像是迷霧中牽引車的聲音，剛好用來牽引像你這樣迷失的小船。如果你沒那麼早熟、對這些東西沒那麼好奇、而你爸媽沒那麼封閉就好了。如果如果如果，再繼續下去也沒用。跳過去吧。

茉內特不聲不響地回來。給瘦皮猴的解釋就在車輪蓋上草草應付了過去。

——告訴我，你呀，剛才是從哪裡進來的？

聲音略帶抱怨但又像麵粉一樣輕柔，眉頭皺的有點不自然，一隻手叉在腰上，另一隻在門把上，看起來有點戲劇化。她的浴衣鬆垮垮的，就快要綻開了。心碎成兩半的西蒙，不自在地，努力地聚集他的目光。他有一種在太寬的衣服裡飄盪的感覺，或在一間電荷過高的房間裡，走錯一步，就會被炸的粉身碎骨。他一邊闔上他的筆記簿，一邊回答，難以控制緊扼住喉頭的情緒：

——從門進來的，茉內特。

——你給我鬼扯什麼？大門之前是鎖上的。

——我的意思是：從花園的門，他又急急加上，是媽媽要我……爲了你買的東西。我把東西放在廚房裡……

——我知道了，她打斷話，謝謝。我完全忘了這回事，當醫生到的時候……你瞭解嗎？

不，他不瞭解，或應該說是，是太瞭解了，但是他不知道該如何回答。這時，她走近他，但是她的步伐是如此地謹慎，他可以感覺到她的爲難，好像她很怕對他動粗，讓他在她還能解釋前就走掉。寂靜之中醞釀著風暴。西蒙趕緊說：我該回去了，否則我又要挨罵了。

——等一下！

這像是一聲喊叫，一聲請求，深處卻帶有某種隱隱約約、令人痛苦的東西。等一下，我先打電話給你母親，讓她放心，跟她說我需要你。不要馬上走，我想要和你一起聊聊，要不要？西蒙搖搖頭，沒有看著她。突然，她改變主意，裙子一晃，來，跟我來……客廳。萬一你母親要跟你說話。一觸碰到她的手，西蒙就僵硬起來，但是他起身，任隨她牽著走，一邊拖著腳。她讓他在沙發上靠著她坐，撥著電話，耐心地等著，還一邊搖著男孩的手，別賭氣。

——喂，我是吳爾茲太太。是呀，是呀，他在這裡，就在旁邊，在幫我整理書。當然……，一個小時，那就太好了。謝了。是這樣的，已經好多了。醫生剛剛才走。沒什麼太嚴重的。有點過勞。是呀，腿……

在這個時候，西蒙才發覺她穿著絲襪，肉色的絲襪。因爲她一邊講話一邊脫掉一隻高跟脫鞋，而她的腳趾在絲襪較深色的末端動個不停。從縫合處，他發現一邊的絲襪顚倒過來。閒聊的時候，她把男孩的手放在她的大腿上，西蒙只聽到皮膚的熱氣，他已經知道他將要棄甲投降，他的決心早已敗陣，她再度出擊，一切又重新開始，好像什麼都沒發生過，好像醫生沒有脫下他的吊帶，工友沒有從鐘樓上下來和一臉晦氣的叛徒握手。所有的愛慕和厭惡都結束了，在慾望面前，記憶早已不存在了。西蒙不惜一切，只要茉內特讓他留在她身邊，緊握著他，讓他看她，觸摸她的腹部，她的胸部，胸部深紅色的那端，然後是比腹部更低之處，金黃色的草叢和裂縫，在細緻的腳踝上，綁上又解開紅鞋子的細繩帶，讓客廳沈入地底，讓明天永不見天日。

茉內特掛下電話，然後，藉著把西蒙的手插入她的大腿之間，把他拉向她。

36

當西蒙離開木屋的時候，太陽開始令人目眩，他加緊腳步。他的頭嗡嗡作響，心刺痛著，雙手顫抖著，他多希望就這樣倒在路旁的草地上，因爲他突然覺得地面就像板塊一樣開始滑動，就要裂開，把他和他所做的一切吞下去。他想到母親，雙手捧著臉：好燙的臉。每次都紅的像煉獄。媽媽不會搞錯，這種事她不會看走眼。你呀，我的大孩子，你跟我藏些什麼不道德的事，就是別給我說謊，你在那又給我做了什麼荒唐事，讓吳爾茲太太生氣，是不是？他無法忍受她的詢問，質疑的眼神，焦慮不安，這樣的顧客，這麼誠實！不不，他不能直視著她。她的天眞，過度的虔誠，將性器說成肚子，把寶琳當作蕩婦，視吉賽爾爲腐化的女人，只因爲她露出她的腿；她，只因爲有些幼稚的愛情小說封面上露出裸胸，就吵得他耳根不能淸靜。要是她知道的話！不管怎麼說，他必須要在進店門之前冷靜下來，而且臉色如常。但是怎麼做，在剛剛所發生過的事以後？一切都不同以往了。他看到，觸摸到，聽到，所有那些在他那個年齡的男孩所不該看，不該觸摸，不該聽的事，連佛瑞迪都不該做的事，雖然他老愛吹牛。最糟糕的是，是西蒙，是他這個天眞的小西，竟然從中得到如此強烈的樂趣，如此沈浸在其中，而當他開始感到厭煩，不想再玩的時候，她還繼續著，他則在那裡叫著肚子痛，快要吐出來了。而像是發狂的她，變形的嘴，幾乎要冒白沫的嘴，卻一點都不想知道，當要出來的時候，從上，從下，同時，在痙攣中，他濺了她一身，沙發，地毯，她尖叫起來，從頸子抓住他，像隻狗般，像隻狗般！她讓他羞愧地無地自容，要他收拾殘局。她的聲音就像鞭子一樣，他到處疼痛，但是他仍跪在那裡，在羞愧和做噁之間，冥思著他所幹的好事，她強迫他幹的事，然後又是他在苦苦求饒。她把一條抹布丟到他臉上，在我等會下來這裡的時候，我要一切都弄得乾乾淨淨，聽到了嗎？要是他能挺起胸來，激烈反抗，一走了之，邊跑邊叫著，剪斷所有讓他魂牽夢繫、不理還亂的愁絲，及那顆充滿怨恨和哀傷的心，但是不行，這時他力不從心，力有未逮，就算他還能對抗佛瑞迪，在他母親面前裝腔作勢，但是他無法對抗茉內特，無法掩飾對她的慾望，無法遮蓋他裡面的髒東西，也無法避開她射過來的沈重的目光，她濕潤的嘴，她鯨魚般肉體的力量。更無法抗拒她的撫摸，她的咬嚙。這回輪到他陷入那張蜘蛛網，就像蒼蠅一樣，在勇敢地掙扎之後，在那裡乖乖地等著，對該發生的事，又恐懼又好奇，無從知道到底是什麼，自己肉體爲什麼會有這遽然的墜落及對自己那顆心的啃蝕殆盡。然後，原來這就是如何及爲什麼，迷失在淚水中，一道一道地抹去罪惡的痕跡，在沙發上，地毯上，他沒有反抗。

她發現他是這樣弓屈在地毯上。或許她是屈服在所剩無幾的同情之下，她把手放在他的頭髮上，然後綻出一絲溫柔的聲音，好了，過來吻我吧。

西蒙，還跪在地上，轉過身來，抱緊她的雙腿，淚潸然而下。但是，她，掙脫開來，推開他的手，夠了，你該回去了。我還有事情要做。她的聲音再度嚴厲起來。西蒙不吭一聲地起身，看都沒看一眼，就走出去了。

37

一連下了八天的雨。沈重而趕人的雨打在地磚上，打斷景色，或讓它消失在灰幕之後。西蒙和這雨一起睡了又醒，覺得內心平靜。早上，他和弟弟玩，身體相依偎著一起躺在地毯上，對尼可天真的問題及喜歡重複卻發音不清的怪字，放聲而笑。尼可越笑，西蒙越喜歡他。他越覺得自己是老大哥，就越樂於待在那裡，擺脫得取悅人或得說謊的算計，然後，就像雨所沖刷掉的油紙，漸漸遠離茉內特和高惡的種種思緒。他多希望這時，時光能夠停止，過去種種，好的壞的，通通讓雨水一掃而去。

教會的教理課重新開始，這一年一場莊重的聖餐禮預期將會格外地延遲，首先是因爲一場幾乎要了牧師性命的車禍，然後是因爲教堂整修。年紀較長要準備堅信禮的人，利用這些課堂來複習功課。牧師先生自然會利用老天這意外的暗示，再度把聖經諾亞的故事拿出來討論，斥責這個腐化的世界，讓多少受洗的人及接受堅信禮的人一起墮落，你們聽好：接受堅信禮的人！他被他自己預言的狂熱所沖昏頭，他甚至斷言，對那些不拒絕撒旦和其惡事的人，一場大火即將到來，正如我們也將承諾拒絕罪惡，而對某些人來說，很快地，也將在主教本人面前再度做這樣的承諾。

在某個時候，牧師灼熱的眼神望著西蒙，讓他覺得被刺探到內心深處，且在衆人面前赤裸裸地暴露自己，所以臉色突然紅了起來，頭也低了下來。如果他不賦予神父先知的權力，他理當狠下心來叛變，何況誰又會知道，誰又會說呢？茱內特又不上教堂，他自己也沒有透露給任何人，沒人看到他在往高惡的路上。所以呢？一邊暗自搖頭，他揮趕這些來了又去的想法，但是茱內特的影像，越來越鮮明，如此深刻地攫住他，以致於他最終只好棄甲投降。奇怪的是，在他面前的是她最美好的一面。他差一點就要捶胸頓足，求她原諒他對她所造成的困擾。這就好像他突然瞭解她那時好時壞的脾氣，一舉原諒她讓他承受的羞辱，好像他就要一肩攬下整個責任。他怪他脫韁的想像力出賣了他，誤導他去看無中生有的罪惡。或許，這些關於醫生及在高處不勝寒的綠烏龜的種種，終究不過是從閒言閒語，老居斯奸詐的笑及父親的弦外之音，所創造出來的妒意。他有什麼證據？他又看到什麼？實在是少的可憐。的確，一臉學監樣的醫生讓他反感，但是，這還不足以……

——西維斯特！可以請你把我剛才說的話，再說一遍給同學聽？

——這個……

——很好。你聽得很仔細。爲了謝謝你，你給我抄寫一百遍下面這個句子，明天交給我，記好：我準備接受基督的聖體——基和聖這兩個字請用敬稱來寫——以及，我盡全心全力來準備。別忘了，是明天，而且一字不漏！

眞倒楣。衰透了。佛瑞迪在下面偷偷對我笑，沒看到牧師那一巴掌就這樣甩過來。幹得好。

出教堂時，寶琳是第一個也是唯一一個來安慰我的人。她把手臂滑到我的手臂下面。我硬生生地把它推開。才不要，她到底以爲自己是什麼東西？惹我生氣，還是管管你自己的事吧。她像小女孩一樣噘起來的嘴，及上翻的眼睛，最後卻讓我心軟了起來，我把她叫回來。

——對不起，這不是你的錯。

我們拖拖拉拉地走在後面，她快樂地靠近我，提議要幫我抄寫，反正牧師兩眼昏花，我們可以去車庫下，重新和好，怎麼樣？她要給我看我從來沒看過的東西。傻瓜。如果她知道……我說：不要，那裡面太臭了，而且我父親在家裡等我。再見！我把她丟在那裡，和她那成內八字的腳，藍色的手及濕淋淋而沒有光澤的頭髮。或許有時候茉內特會需要我跑腿。

38

大雨之後，是酷熱。誰說牧師一點道理也沒有。不完全錯就是了：那熱氣來自地獄，眞的是令人窒息的熱。在燒焦或光禿禿的草地上，畜生伸著舌頭，兩眼無神地晃蕩著。父親高興的很：店面人滿爲患。媽媽早就聽到藍色的水咕嚕咕嚕地流在她夢裡的浴室裡，整天眨著她幸福的雙眼，一邊擦著水槽。我呢，利用這家庭的幸福快樂好偷偷溜走，跑向高惡去。

那個戴眼鏡的怪物沒有再出現過，自從丈夫離奇的到訪以後。聽說，他去休他該休的假。這下可輕鬆了。但是雨也是工友最好的庇護：雨讓他不得不休息。所以工友一整個星期都閒在那裡沒事做，就像一隻木屋的熊，咒罵一切，而茉內特則咬著指甲。

當太陽復出的時候，從假期中解放出來的工友老大，一溜煙跑到工地去。家裡的女主人，鬆了一口氣，懶洋洋地待在那裡，心不在焉地在打開的百葉窗陰影下，任由一陣陣風軟趴趴地吹著。突然幾陣發熱讓她穿過潮濕的房間，好像沒什麼理由地上上下下，晃著手臂大步走遍空屋的靜默。令人難以忍受的空盪。雖然我在那裡：我什麼都不是。她對我幾乎是視若無睹。

所以我重新回到我的剪貼桌。在吉娜（Gina Lolobrigida，女演員）的胸部和艾娃•嘉德娜（Ava Gardner，著名艷星）的長睫毛之間，等著茱內特終於發現我的存在，叫著我的名字，要我去她身邊，或走近我，嘶嘶作響地，溫情地。多希望我存在在她的聲音裡，在她的動作裡，在她的眼裡。多希望我是一個男人，不管我的短褲多短。多希望她有點愛我，溫柔地，淫蕩地，愛我，所以我知道我比我的腿還大，而終有一天，會有一個女人愛上我，而我也不會讓她失望。

有第一天就有第二天。我過來，坐下，剪貼，回去。她不動，不說，當我進來時，她的頭幾乎連轉都沒轉一下。她躺在沙發上，聽著有氣無力的歌曲，在爲聖貞或聖皮耶的愛人，或斷裂的誓言，或再三的謊言而憂傷著，反正我也不記得。我對她就像是透明而不存在的，我逐漸開始喜歡她尖叫的時候。

她好像聽到我腦袋裡在想的東西，突然，她在皮加爾路上哭泣的聲音之中站了起來，抓了一個安靜地待在小圓桌上的花瓶，用力地丟向喵喵叫的唱機，然後在一陣天大的碎裂聲中不吭一聲。本能地，我做動作要站起來，尖叫的她轉過身來，眼睛爬滿血絲，向我衝了過來。而你，就是你，你煩死我了，一副乖寶寶的樣子。我用手擋臉，她拖著椅子，把我摔到地上。在我能叫出聲來之前，她整個人壓在我身上，頭對著腳。她那嘆爲觀止的屁股壓著我的臉。你不是要我的屁股嗎，那我就給你！好好享用呀，小壞蛋。你們都只對這有興趣，就只這個。你，和其他人一樣，半斤八兩。是帶卵的，但是一有風吹草動，就夾著尾巴，溜的比風還快。哈，讓我逮住這一隻。讓他嘗點苦頭，你看著好了……

我，什麼都看不見，在她巨大的臀部下差點透不過氣來，而她直接就著我的短褲抓著我的雞雞。要把它扯下來。好像我就是那個瘦皮猴叛徒，要替他償債。夠了。

西蒙腰部一個突然的動作，讓她一下子失去平衡，一隻卡在她膝蓋下的手臂因而鬆脫出來。馬上恢復過來的茉內特，像被蛇咬了一下地豎了起來。

——捏我的屁股，小混蛋！呵，總有一天你會倒楣。

比她起身還快的西蒙，轉身就跑，衝到廚房去。可惜太遲了。一隻腳被絆住，他跟蹌了一下，整個人倒了下來，一頭栽到窗框上去。

39

喂，喂，小子！醒一醒。西蒙，你聽得見我嗎？回答我呀，西蒙。別裝傻。腦袋嗡嗡嗚，兩眼冒金星，西蒙不記得發生了什麼事。他摸摸額頭，唉，好痛。張開一隻眼，頭昏眼花。閉起來，試另外一隻，還是一樣糟。

辛辣的香味，刺鼻的酒精，在兩頰上輕拍。再張開一隻眼：咦，地面翻了過來，這女人躺在天花板上，在和他說話，唸著他的名字，好了，她轉了過來：是茉內特。摔破的唱機，地毯上的肉搏，她超大的屁股，絆腳，頭，唉呀，我的額頭。別碰，西蒙，這沒什麼。害怕超過疼痛。快，讓我幫你站起來。西蒙微弱地、可憐地笑著：她說出他的名字。

手臂伸到他腋窩下，茉內特扶著西蒙到沙發，她讓他躺在那裡，像是從馬路上撿來的傷患，得趕快治療。唉，我的小壞蛋，你嚇死我了。

西蒙任她說，任她做，帶點想懲罰她的惡意。像一個眞的病人一樣地閉上眼皮。還沒聽到衣服的窣窣聲就微顫著。茱內特給他蝴蝶般的輕吻，在他額頭上，太陽穴上，眼睛上，鼻梁上。賭著氣的嘴上。他越來越不賭氣了。訝異於其柔軟和熱情，因爲她從來沒有親吻他這個地方。西蒙略微鬆開他緊咬著的牙齒，就像佛瑞迪所說，這是如果我們不是最傻的傻瓜該做的事。茱內特的舌頭馬上伸入空隙之中，纏繞著他的舌頭。燃料庫上火，兩頰通紅，尾巴上升，瞄準，準備要發射。手滑到她的胸部上，她結實的腹部上，她用老練的輕緩、小手的敏捷解開他鼓起的石門水庫。西蒙的喉頭哽住，在雙唇的壓力之下，他無法呼吸。嘴裡流著口水。他張開眼睛，但什麼也無法分辨，茱內特實在是太近了，她那團頭髮讓他無法看清。他搜尋著地勢，觸碰到她的一個乳房，像被電觸到一樣收回他的手。她重新抓著他的手，打開她的上衣，輕輕地引導著他的手伸入凹處。在她的長睫毛下靈光一閃，她突然放開從他短褲裡掏出的性器，呵著氣說，這次好好忍著，讓你瞧瞧這會有多棒。

她那膨脹著，發著光，像是因一個看不見的灼傷所歪曲的嘴唇，就要爆炸了。她挺直上身，她一直抓著的我的手貪婪地揉捏著，攪弄著她胸部的肉。就像安瑟姆老爹的麵粉。她的皮膚滲出一顆顆的汗珠。她跪著靠在我的腿上，朝天的臉在燃燒成一團的秀髮下，她讓人誤以爲是一個出神的聖女，像一尊彩色石膏像，在教堂裡，告解座旁，在此聖像下，懺悔而唸的天主經及聖母經愉快地混雜著剛犯下的滔天大罪。麗提，布蘭汀，麗塔，天知道是那個聖女，茱內特像是她們其中之一，如此完美的複製品，如此地活生生，逼眞到讓我突然害怕會看到牧師從告解廂裡冒出來。

一想到這裡，西蒙就軟了下來。但是復仇女神不同意。野蠻而殘忍的一掌，她抓下那塊肉，少來了，現在別給我來這套。她馬上再把她的舌頭鑽入他的嘴裡，一邊激烈地搓揉著他的性器，讓它馬上又挺了起來。西蒙隱隱感覺到依照這種節奏，他沒有辦法支撐太久，他開始呻吟著。她立即瞭解，不再撫摸他，站了起來，讓她的裙子跨過西蒙的頭，把腹部緊黏在他的嘴上。那就舔我呀，好好地舔，這時她開始摩擦著自己，但是用如此瘋狂而混亂的方式，以致於事情變得幾乎是不可能的。這撮刺激著他下巴及鼻子的毛，不但沒有激起他的慾望，反而讓他開始反感，他突然覺得受夠了，有一股想哭的衝動，想要咬下去，想要逃走，想要回到過去那些寧靜和諧的日子，和他一團軟毛的兎寶寶在一起，還有對尼可的深情，及桌下沒完沒了的戰役。

她又開始尖叫，但是是一種被掐住喉嚨的聲音，好像是氣憤之極般。你在磨菇些什麼？舔我的小貓。你懂法文不是嗎？那就快呀。證明給我看你是一個男人，把你整個舌頭放進來，用用你的手，媽的，你又不是沒手，打開呀。西蒙什麼都沒聽到，什麼都不懂。這時，她抓住他的手，把他的手貼在她的屁股上。這麼不舒服的姿勢迫使男孩坐了起來。一嘴的毛……他想把一隻手抽出來……

——我說打開呀。

她根本就是瘋了。西蒙想到這一幕：在祖母唯一的一本書——《經典傳奇》之中，聖女的軀體被四馬分屍，這書一直震撼著他，這恐怖的一幕，讓他陷入深思好幾個下午，一直想像到噁心的地步，那撕裂的肉體，四濺的血，碎裂的骨頭，然而卻是這些想像讓他第一次在短褲裡射出長長的熱流，連自摸也不用。

打開！

西蒙不行了，他很痛，眼淚都跑出來了，他開始像患氣喘病一樣地哽咽著，臉還埋在草叢裡。遊戲嘎然停止。茉內特站起身來，猛然地把裙子拉下，但是西蒙想要阻止她離開，他用盡全力地緊抱著她。只要她願意，她甚至可以打他，但他就是不會放開。

——給我滾開，她說，用她晦暗的聲音，一邊壓在男孩的頭上。再也別給我踏進這個房子一步。你聽到了嗎，西蒙？一步也別想。

40

媽媽沒辦法聽到在我心上的聲音。她正聽著浴缸咕嚕咕嚕的水聲。那聲音越來越近。或許她把這聲音和噼噼啪啪的雨聲搞混在一起。一陣不算什麼的風雨，讓店裡的顧客滯留不走。這又沒什麼大不了的。也沒時間聽我說那足以讓人站著睡著的故事。每個晚上，媽媽把帳算了又算。興奮地。上釉的洗手台，一把鈔票；坐浴盆，又一把鈔票；浴缸，整套閃閃發光的水龍頭，再三把鈔票；陶磚，兩把；塑膠合成地板或磁磚地板，再三把，也就是說至少照目前這個狀況再整整一個禮拜。她可以撐到那時候嗎？她睡不著了。而你那些廢話，我已經受夠了！還不快去做該做的事，別拖拖拉拉。我們這裡人手不足。

茉內特那時叫著，再也別來，她向我一遍又一遍地叫著。

我會去打開她的大門，把她買的東西和要給母親的帳一起放在桌上，我不會去看她，把門關上後，我就走了。木頭或鐵的十字架，我發誓，如果我說謊，我會下地獄。

西蒙在地上吐一口痰。一言既出，他絕不會再幹這種蠢事了。

41

只要大腿一閃，胸罩細帶上圓潤的肩膀，及潛入低領的深溝，就足以讓西蒙所有的決心，在一夕之間潰決。

當他一看到她穿著紅色的裙子躺在沙發上，這鈕釦口如此寬鬆的裙子，老是像一種邀請般地姿勢微開著，等著獻給冒失的一眼，這裡，絲襪盡頭一彎新月形的白肉，那一系列巧妙安排的鏤空，讓人得以溯游而上一直到秘密的泉源；當他一看到如此的她，伸展全身地睡著，西蒙知道，他完全受她擺佈，他的怨恨消失，他的反感沈入水底就像他頸上的汗水，他所有的武器都不值一文，且隨著他發軟及濕潤的手而掉落，一切將回到從前，瘋狂，喜悅，衝上天，尖叫，恐懼，及最終的遺棄；他還是會一次又一次地回到那裡，兩眼被淚水模糊，嘴裡喃喃些惡狠狠的字眼，在石頭路面頓著腳，踩著老鼠窩，拔斷一根根長草。這些他都知道，身體僵在客廳的門檻上，流了一身的雨水及懦弱，忘記僵硬的手臂上整箱滿滿的東西，還有母親的叮嚀，如果晚回家，等著他的將是斥責、痛打、禁足及憂傷。這些他都知道，跪在沙發椅腳邊，屏著氣，手在嘴上，灼熱的眼皮，放大的瞳孔，試著要看看不到的部分，用三度空間來擷取這影像的精華：躺在綠沙發上的姬妾，就像發明愛情的女人裡的雪娃娜‧翩翩妮妮(Silvana Pampanini，性感豪放女星)，是所有他耐心剪貼的相片之中、晚上偷偷親吻的筆記本裡，會讓他撫摸著性器的最愛之一。這些他都知道，其他的，無視膝蓋的疼痛，背部肌肉的緊繃，集中所有的注意力及靜默的狂熱在那慷慨裸露的頸上，在那一顆恍如無物的小扣子所捍衛的、但是每一次新的靈感就威脅要使之讓步的胸部上。西蒙使盡全力鼓勵扣子不要抗拒，快點讓步吧，他咬著下唇，絞著手指，以便克制想要給予幫忙的衝動，或者在四周搜尋任何可以讓他分心的東西，例如壁紙，馬上，巨大的花朵開始在他的太陽穴下嗡嗡鳴叫，把他帶回姬妾的頸背，在那裡，揪在一起的小髮絡正嬉鬧著。不可避免地又回到原點，回到微開的上衣，回到這小小的珍珠色衛兵，在峽谷入口處裝出一副賣力的樣子。而他，像個傻瓜，呆在那裡，氣喘吁吁地，惶恐不安地，期待一個永遠不會到來的奇蹟，全身發熱，一股強烈的痙攣來襲，他想張嘴大叫，但是茉內特卻選在此時此刻輕輕地轉過身來，扣子終於屈服了，釋放在沙發上滾動的豐胸，瞬間制止男孩胸骨上的呼吸，以致於他覺得被砍成兩半，沒手，沒頭，眼睛盯在兩團乳白色的圓球上，而肚子則被細針所穿透。

西蒙沒看到茉內特有一會兒微微地張開她的眼睛。當他恢復他的呼吸及雙手，讓視線離開胸部，他確信她一直在睡覺，便用抬起的手走遍她身體的曲線一直到腳尖。他的手指燒熱著。如果他不往前再冒險一步，他將當場整個被燒毀。他盡可能小心翼翼地掀起紅布的一角，盡可能地拉開，同時一邊監視著茉內特。絕不能讓她醒來。我的手戰慄著，一顆扣子又跳開，突然，在我眼前，我所懷疑懼怕的事得到了證實：她裡面除了絲襪以外，什麼都沒穿。西蒙既失望又有點訝異於他的失望。看著這堆混亂的捲毛，他覺得像是被欺騙了一樣。他一點也沒有第一次所經歷到的、當她就在店裡展示給他看時的那種感覺。上次的經驗顯然他還難以消化。他悄悄地把衣服放回原位，想要起身，但是一隻手擋著他，重壓在他的頸上，強迫他低下頭來，探入大腿之間。西蒙一個猛烈的動作想要掙脫出來，但是比他還快的她，又成功地鉤住他的一隻腿，他整個人倒在地毯上。縱身一跳，她已經在他的身上，母老虎似的又叫又打，一發不可收拾，你不害羞嗎，惡劣的小壞蛋，你不害羞嗎？利用人家睡覺來脫光一個像我這樣的女人，我這個年紀的女人，老到夠做你媽了。你眞是令人噁心透頂。你以爲你是什麼呀？你以爲我在等你呀？你眞的這麼以爲呀？看著我，看著我，你只不過是一個可憐兮兮的小孩子，一個小髒鬼，我要捏著你的耳朵撵你到你媽媽那邊，看著好了，我可不會放過一五一十地告訴她你那些髒事的樂趣。你等著看好戲好了。

——對不起，茱內特，對不起啦，西蒙呻吟著，一邊盡力用手護著臉。我只是想看看您，因爲您很美。對不起，我下次不敢了，但是千萬別告訴母親。他們會殺了我。對不起。我願意做任何事，任何您想要的事，我……

——夠了，她打斷他，別以爲哭哭啼啼就可以改變你剛才所做的事，你懂嗎？她現在在他上面，站著，一隻腳在西蒙的背上，隨著她的每一句話搖著他的脊椎，你——是——個——小——虛——僞，動不動就偷窺我，然後又裝出一副乖寶寶的樣子。讓我來教訓你，讓——我——來——教——訓——你，小心一點，如果你敢不聽話！站起來！

她停了一下，一手撩起她女獅般的頭髮。她的眼睛冷峻，令人不寒而慄。她把懸盪的巨胸收回，調整她的裙子，坐在最近的一張安樂椅上，來這裡，脫下你的短褲。你的屁股該打。她把小孩的後退視爲拒絕，咆哮著，小子，隨便你。我們一起去你媽那裡，然後她裝作要站起來的樣子。

——不要，西蒙叫著。

——那麼躺在我的膝蓋上，不准有一個字。

當痛打停止，西蒙想要伸直起來。他的臀部燒痛著，但是她按住他，手肘插在他的背上。西蒙快要不行了，他想要打噴嚏，地毯的毛搔癢著他的鼻孔，他嗅著灰塵和自己的淚水。突然，某種像是刀刃的東西刺穿他的兩臀之間，他痛苦地尖叫出來，滾在地毯上。撫著臀部，驚愕的他看著這女人，她手指向上，蔑視著他，臉上帶著某種奸笑。

就好像大地一個動作翻轉了過來，連同大海，天空及星辰，所有他以爲熟悉的東西，一下子變得陌生，遙遠卻同時又是無法承受的淸楚：這個女人不是一個女人，而是一個怪獸裝扮成的雌性，一個從尼可書中活生生跑出來的女巫，邪惡的，乖離的及醜陋的，巨大的，從眼睛的地方冒出的是一顆顆疣，在雙唇上的是鮮血，身軀及雙腿都是畸形的；

這個客廳是充滿恐怖面孔的洞穴，可以聞到一鼻子死亡的味道。

頃刻間，某種硬狠的，犀利的東西在西蒙身上形成。他二話不說地起身，穿上衣服。輪到那女人想要站起來的時候，西蒙猛然地推她一把。如此地用力以致於她像塊破布般地倒在安樂椅上。西蒙連一秒也不耽擱，衝向出口，翻倒一張在廚房的椅子，用力砰然地關上大門。

在門口，他撞上剛到的男人，他一手提著包包。喂，年輕人，小心點，醫生叫著，但是西蒙早就出去了，他連頭也不轉。讓他們倆個都去死吧！

她大可以說出所有她想向他母親說的，西蒙不再害怕了。某種東西在他身上斷裂掉，他一下子長大了。來吧，學監，在學校，你敢來！他走在道路中央，所有人都可以看到他，向他父親報告。結束了，結束了，結束了。

他大步地走在他的思緒當中，一長聲的喇叭，讓他抬起了頭。他沒有馬上認出工友的小貨車。西蒙停在路中央，呆在那裡，迷惘著，他突然沒有了力氣，就像一個靠在房間窗口、在淚幕之後的病人。當工友觸碰他的肩膀時，孩子驚跳了起來，然後他看到車門打開來，溝渠裡的草，在擋風玻璃上耀眼的太陽，超出車頂的梯子的影子。那人跟他說話，但是就像是在說著另外一種語言，而當工友試著開玩笑時，孩子只是任由自己滑倒在這令人放心的男人的手臂上，他那馬般的肌肉，可以聞到汗水的味道。工友要他解釋，西蒙努力想說些什麼，但是沒有一個字從他的嘴裡吐出來。所以，那人說，是不是我太太？因爲西蒙看來像是聽不懂，他又說，是不是茉內特？一道閃電閃過西蒙，他僵直了起來。工友抓住他的肩膀，跪下來，直視著他，告訴我，小子，是她嗎？她對你做了什麼，她到底做了什麼讓你變成這樣？該死的，回答我，孩子。西蒙掙脫出來，用手掌擦掉眼淚，兩眼直視，回看著他。眼睛不眨一下。

工友從左到右搖著他的頭，一邊重複著，老天，又來了，不可能，不可能吧。

他突然打直身子，爬上小貨車，連門都沒關上，快速發動衝向高惡。

42

要是這是玫瑰色的糖果就好了，而不是她胸部緋紅色的乳尖；要是她能略帶矜持地露出來給我看就好了，細膩地，還有呢，臉有點紅，而不是像一包髒衣服一樣把它們塞進我的喉嚨裡；要是她能輕輕地把我裹在她那女狐般的聲音裡就好了，像大草原般拖得長長的音，而不是像個潑婦般馬上尖聲大叫，吸呀，叫你吸呀，舔，打開呀，給我滾，小髒鬼，你不是男人；要是她曾愛我就好了，只要有那麼一點點，就算是爲了好玩，單純地出於對又好奇又害羞的我的同情也好。

那麼，我就能好長一段時間繼續偷偷地去山上的小木屋玩，看著她走路，看著她交叉她的腿，一邊剪貼雜誌上的美女，一邊等著大事的發生；那麼，我就能一點問題也沒有地對戴眼鏡的瘦皮猴，及在高處待得太安穩的綠烏龜睜一隻眼閉一隻眼；那麼，我就能無怨無悔地把我的玩具兵收在頂樓舊家具底層的鞋盒裡，心甘情願地把我的兎子送給尼可，在車庫的汽油桶後面清清楚楚地要寶琳離開，以便慢慢地學會所有該知道的事，譬如，手拿著一朵玫瑰，走向我曾期待卻再也不會來的露腿女孩，和她分享一切，彼此沒有任何秘密。但是茉內特糟蹋了這一切，她把我當成一個玩完就可以扔掉的玩具，也因此我再也不能聽到花園深處的大海，相反地，只剩所有那些輪到我將之擾弄得碎裂的哭聲，讓我永遠不會滿足地、冷嘲熱諷地、令人憎恨地玩弄著，因爲在時間的甲殼之下，我再也無法找回我曾經有過的稚嫩，激動，小孩子的微顫，還有對愛情的暈眩及信仰；這也是爲什麼我要獨自死去，被拋棄，被撕裂，沒有孩子，沒有朋友，在這個永遠暗無天日的夏天，像扼住頸部的一隻絲襪。

L O C U S

LOCUS

LOCUS

LOCUS